이 멋진 세계에
폭염을! 2
융융의 턴

융융
천재라 불렸던 내가,
식당에서 아르바이트나
하게 되다니…….
정말. 걱정 좀
끼치지 말라구.
메구밍

붓코로리
코멧코
너와 나는 같은 백수잖아.
곤란한 일이 있으면 말해.
돈 문제만 아니라면
가능한 한 도와줄게
백수 언니, 안녕!
아침밥 줘!

제스터
친구 같은 물러터진
사이가 아닌 것만은
틀림없습니다.
당신은 누구죠?
메구밍과 어떤 사이인가요?

세실리
내 이름은 메구밍!
홍마족 제일의 마법사이자,
폭렬마법을 펼치는 자!
(이 애, 뭐야? 혹시 천사?)

메구밍은 쓸모없는 존재가 아냐!
메구밍은, 그러니까……,
나 같은 것보다 훨씬 대단한
마법사라구!

아네스
단검 같은 걸로
뭘 할 건데?
마법을 못 쓰는
홍마족은 아무짝에도
쓸모없는 존재잖아

이 멋진 세계에 폭염을! 2

CONTENTS

이 멋진 세계에 폭염을! 2

융융이 턴

아카츠키 나츠메 지음
미시마 쿠로네 일러스트
이승원 옮김

관심이 가는 그 마을에 관한 정보 전격 공개!!

『홍마의 마을』 불멸목록(이터널 가이드)

문장 및 사진 / 아루에

관광시설 안내

마왕도 두려워하는 우리 홍마의 마을에는 멋진 관광명소가 잔뜩 있어.
오는 도중에 강한 마물에게 공격받을 수도 있으니 조심해서 와.

▶소원의 샘

도끼를 바치면 금은을 관장하는 여신을 소환할 수 있고, 코인을 던지면 소원이 이뤄지는 성스러운 샘.

▶성검이 꽂힌 바위

뽑은 자에게 강력한 힘이 주어진다고 전해지는 전설의 검이 꽂힌 바위.

▶대중목욕탕 『혼욕 온천』

관리인이 크리에이트 워터로 물을 만든 후 파이어볼을 쏴서 그 물을 데우는 다이내믹한 목욕탕.

▶카페 『데들리 포이즌』

가게 명칭뿐만 아니라 맛도 일품. 무기점 「고블린 킬러」를 비롯해, 이 마을에는 마니악한 팬이 많은 가게가 잔뜩 있다.

이곳을 주목!

홍마의 마을에는 아크 위저드 영재교육기관이 존재해. 거기서 공부 중인 미래의 아크 위저드를 소개할게. 어쩌면 마왕을 쓰러뜨릴 천재가 이 안에 있을지도 몰라.

홍마의 마을에 있는 학교의 자리 순서

복도 / 출입구

학생C | 학생B | 학생A

후니후라 | 도돈코 | 사키베리 | 카이카이

풋칭 교단

창문 / 창문 / 운동장

『홍마족 제일의 천재』 졸업생 전격 인터뷰!

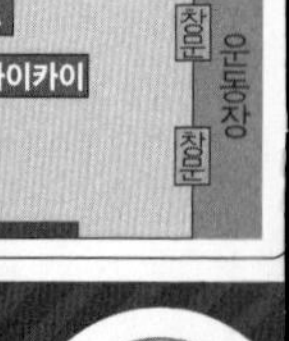

그래요.
제가 『홍마족 제일의 천재』예요.
제 목표는 『최강』. 보잘 것 없는 상급 마법 따위 관심 없어요.

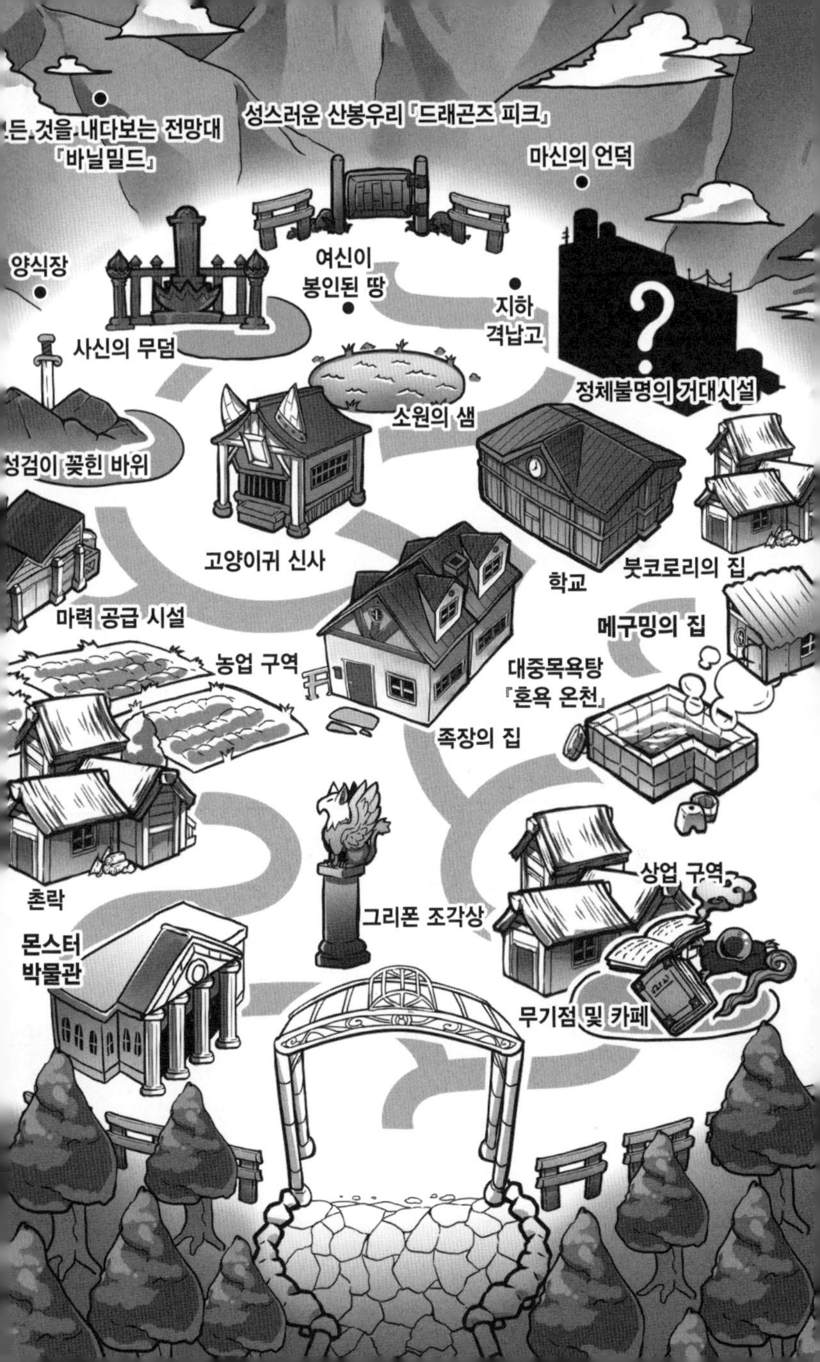

성스러운 산봉우리 『드래곤즈 피크』
든 것을 내다보는 전망대 『바닐밀드』
마신의 언덕
양식장
여신이 봉인된 땅
지하 격납고
사신의 무덤
정체불명의 거대시설
소원의 샘
성검이 꽂힌 바위
고양이귀 신사
학교
붓코로리의 집
마력 공급 시설
메구밍의 집
농업 구역
대중목욕탕 『혼욕 온천』
족장의 집
상업 구역
촌락
그리폰 조각상
몬스터 박물관
무기점 및 카페

프롤로그

요즘 들어 자립심이 강해졌는지 같이 자지 않던 여동생이, 오늘은 웬일로 내 이부자리에 들어왔다.

【—하지만 그 소년은 말했습니다. 『치트가 있으면 동료는 필요 없어. 솔로로 오케이. 벌어들인 돈도 독차지 할 수 있다고. 솔로 최고!』 하고 말이죠. 확실히 그 소년은 솔로로 활동해도 문제가 없을 정도로 강했습니다…….】

코멧코는 그림책을 읽어줬으면 하는 것 같았다.

그런 코멧코는 우리 집 비상식량인 촘스케를 꼭 안은 채, 내 옆에 누워있었다.

"언니, 치트가 뭐야?"

코멧코는 약간 졸린 목소리로 물었다.

"치트란 반칙, 비겁 같은 의미의 말이에요. 특이한 이름을 지닌 사람들이 자주 쓰는 단어죠. 간단히 말해서 엄청 강한 힘이에요."

"호오~."

나는 다시 이야기에 귀를 기울이기 시작한 코멧코에게 그림책을 읽어줬다.

【소년은 너무 강해, 혼자서 마왕의 부하들을 차례차례 쓰러뜨렸습니다.】

그것은 유명한…….

【궁지에 몰린 마왕은 소년과 정면에서 맞붙어서는 승산이 없다고 생각했습니다. 소년을 쓰러뜨리기 위해서는 어떻게 하면 좋을까? 마왕은 소년이 항상 솔로로 활동을 하고 있다는 사실을 눈치챘습니다.】

누구나 알고 있을 만큼 매우 유명한 먼 옛날의 이야기다.

【마왕의 성에 쳐들어온 소년과 대치한 마왕군 간부가 말했습니다. 『용사라는 녀석이 동료도 한 명 없는 외톨이야? 완전 웃기네! 보통은 동료와 힘을 합쳐 위기를 극복한 끝에 마왕을 쓰러뜨리는 게 정석이라고! 너, 친구도 없지? 그런데 뭘 위해서, 누구를 위해서 싸우는 건데? 그냥 확 마왕군에 들어와. 이쪽에는 예쁜 애들이 잔뜩 있다고』. 마왕군 간부가 어떻게 할지 결정을 한 후에 다시 오라고 말하자, 그 소년은 순순히 돌아갔습니다.】

이윽고 졸음이 몰려오는지 눈을 반쯤 감고 있던 코멧코가, 천장을 향해 그림책을 들고 있는 나의 오른쪽 어깨에 기댔다.

【이윽고 소년은 다시 마왕성에 쳐들어갔습니다. 그리고 마왕군 간부와 대치한 후 말했죠. 『나는 외톨이가 아니라, 고고한 솔로 플레이어야. 친구도 없는 게 아니라 만들지 않는 거라고. 동료 같은 걸 만들어봤자 거치적거리기만 할 게 뻔해. ……그리고 뭐가 예쁜 애들이 잔뜩 있다는 건데. 내가 그런 달콤한 말에 속을 것 같아?! 마왕과 거래 같은 걸 했다간 최악의 결말을 맞이하게 될 게 뻔하다고. 나는 인류의

평화를 위해 싸우고 있는 거야!! 너 같은 녀석한테는 볼일 없어. 내 목적은 마왕의 목이야! 봐줄 테니까 빨리 내 눈앞에서 꺼져!』. 마왕군 간부는 자신을 손가락으로 가리키며 그렇게 말한 소년에게 말했습니다. 『그 대사가 일주일이나 고민한 끝에 나온 게 아니었다면 폼 좀 났을 텐데 말이야』 ―마왕군 간부는 목숨을 부지하지 못했습니다.】

코멧코는 내 어깨를 베개 삼으며 잠들더니 곤한 숨소리를 내기 시작했다.

나는 코멧코가 깨지 않도록 조심하면서 몇 번이나 읽어줬던 그림책을 또 읽어줬다.

【분노에 찬 소년은 그대로 마왕성 최심부로 향했습니다. 그 누구도 소년을 막을 수 없었습니다. 이윽고 소년은 마왕이 있는 곳에 도착했습니다―.】

제1장
폭렬 백수의 취직활동
레종데트르

1

사신(死神)의 부하 소동이 끝나고 며칠 정도 지났다.

마법을 익혔기에 학교를 졸업한 나와 융융은 각자의 길을 걷기 시작했다.

중급 마법을 익힌 융융은 자경단에 들어가 한가한 어른들과 함께 몬스터를 사냥하며 상급 마법을 습득하기 위해 수행을 하고 있었다.

그리고 나는—.

"백수 언니, 안녕! 아침밥 줘!"

"배, 백수 언니 소리 좀 하지 마세요, 코멧코! 그리고 백수 같은 단어를 어디서 배운 거죠?!"

……여동생에게 백수 소리를 들으면서 하는 일 없이 놀고 먹고 있었다.

"잘 들으세요, 코멧코. 저는 백수가 아니에요. 백수는 일할 의지가 없는 인간 말종을 가리키는 말이에요. 열심히 찾아보는데도 자신에게 맞는 일자리가 없어서 일을 하지 못하는 저는 백수가 아니에요."

"그럼 뭐야?"

…….

"구, 구직자……?"
"백수 언니, 아침밥 줘!"
"코, 코멧코!"
매정한 여동생에게 이상한 호칭으로 불린 나는 지끈거리는 머리를 감싸 쥐었다.

―홍마의 마을에서는 생활에 꼭 필요한 가게를 운영하는 몇몇을 제외하면, 다들 홍마의 마을 특산품을 제작하고 있다.
홍마의 마을 특산품.
그것은 우리가 지닌 높은 마력을 이용해 고품질 마도구와 포션 등을 만드는 일이었다.
예를 들어 나와 융융이 자주 마셨던 스킬업 포션은 마을 밖에서 한 병당 수천만 에리스에 거래될 정도의 희소 물품이라고 한다.
학교를 졸업하면서 담임을 통해 그 사실을 알게 된 나는 스킬업 포션을 남김없이 마셔버린 것을 이를 갈며 후회했다.
홍마족이 만드는 마도구 중에는 최고품질의 상품이 많다고 한다.
원래 아크 위저드는 마법사의 상위 직업이며 아무나 될 수 있는 것이 아니다.
하지만 이 마을 사람들은 아크 위저드가 될 소질을 가지고 태어난다.

그런 뛰어난 마법사들이 만드는 마도구가 이 마을의 재정을 유지시키고 있는 것이다.

—나는 땅이 꺼져라 한숨을 내쉰 후—.

"오늘이야말로 저를 고용해주는 공방을 찾았으면 좋겠네요……."

나는 코멧코가 먹을 아침 식사를 준비하면서 중얼거렸다.

2

—마을을 나가 모험가가 된 후, 폭렬마법을 가르쳐준 그 사람과 만난다.

그것이 내 목표지만…….

마을을 나가 모험가가 되기 위해서는 다른 마을에 갈 필요가 있었다.

하지만 홍마의 마을 주변에는 강력한 몬스터가 대량으로 서식하고 있다.

나는 폭렬마법을 쓰고 나면 꼼짝도 못하게 되므로 혼자서는 다른 마을에 갈 수 없었다.

그래서 전송사라고 불리는, 텔레포트를 생업으로 삼는 이에게 부탁하여 다른 마을까지 보내달라고 할 생각이었지만…….

"물과 온천의 도시, 아르칸레티아에 가는 편도 티켓이 30

만 에리스. 제가 가진 돈은 탈탈 털어봤자 4천 에리스. ……하아, 짭짤한 아르바이트를 찾아봐야겠네요…….”

나는 얇디얇은 지갑 안을 들여다보면서 땅이 꺼져라 한숨을 내쉬었다.

내가 가고 싶은 곳은 풋내기 모험가가 모인다는 『액셀』이라는 마을이다.

하지만 약한 몬스터만 서식하는 풋내기 모험가의 마을에, 상급 마법을 사용해 강력한 몬스터를 사냥하는 것이 일상인 홍마족이 가려는 경우는 많지 않았다.

텔레포트를 하기 위해서는 해당지역을 등록해야 하지만 전송가게의 등록지역에는 액셀이 포함되어 있지 않았다.

그러니 액셀에 가기 위해서는 홍마의 마을에서 가장 가까운 마을인 아르칸레티아로 전송된 후, 걸어서 가거나 마차로 갈 수밖에 없었다.

그래서 우선 전송 비용을 벌기 위해 이 마을에서 일거리를 찾고 있는데…….

—생각에 잠겨 있던 나는 이쪽으로 걸어오는 이웃사촌을 발견했다.

“메구밍, 오늘도 일자리를 찾고 있는 거야? 그냥 포기하고 대(對)마왕군 유격부대에 들어오지 그래? 그리고 융융을 비롯한 우리와 함께 이 마을의 치안을 지키는 거야.”

“시, 싫어요. ……그것보다 그 내성적인 융융이 용케도 그런 데에 들어갔네요."

"그래. 이유는 모르겠지만 열의도 엄청나더라니깐. 이번에야말로 동료를 지킬 수 있도록 빨리 상급 마법을 익히고 싶대."

융융은 레드아이 데드 슬레이어라는 명칭 때문에 쪽팔려 하면서도, 상급 마법을 익히기 위한 수행의 일환으로서 이 백수와 함께 자경단 활동을 하고 있었다.

백수지만 마법사로서는 일류인 붓코로리 일행을 따라다니며 밤낮없이 경험치를 모으고 있는 것 같았다.

"그런데 붓코로리는 일을 안 해도 괜찮나요? 부모님이 슬퍼하고 계시잖아요?"

"지금은 부모님과 세간의 눈길이 차갑지만, 언젠가 우리의 힘을 마음껏 발휘할 커다란 싸움이 벌어질 거야. 나는 그때에 대비해 송곳니를 갈고 있는 거지."

붓코로리는 그렇게 말하면서 손가락이 드러나는 글러브를 꾸욱 소리 나게 고쳐 꼈다.

"그럼 이만 가볼게, 메구밍. 너와 나는 같은 백수잖아. 곤란한 일이 있으면 말해. 돈 문제 이외에는 가능한 한 도와줄게."

"저, 저는 백수가 아니에요! 열심히 취직 활동을 하고 있단 말이에요!"

허둥지둥 반박하는 나한테서 돌아선 붓코로리는 어깨 너머로 손을 흔들면서 가버렸다.

……큰일 났다.

진짜로 큰일 났다.

코멧코가 보기에 지금의 나는 붓코로리와 별반 차이가 없는 것이다.

오늘이야말로, 무슨 수를 써서라도 아르바이트 자리를 구해야 한다—.

홍마족이 하는 일 중에서는 마도구 제작이 가장 짭짤하다.

그래서 학교를 졸업한 다음부터는 여러 공방에 면접을 보러 갔지만…….

"오늘은 마력섬유를 다루는 체케라의 가게에서 면접을 보기로 했죠……. 오늘이야말로 꼭 붙고 말겠어요……!"

나는 양손으로 찰싹 소리가 나게 볼을 때려 기합을 넣은 후, 면접장소로 향했다.

3

"어서 오십시오! 내 이름은 체케라! 아크 위저드이자 상급 마법을 펼치는 자. 홍마족 제일의 옷가게 주인! 어서 와, 메구밍. 아르바이트 면접을 보러 온 거지?"

그렇게 말하면서 메구밍을 맞이한 이는 마을에 딱 하나밖에 없는 옷가게의 주인이자, 가게 안인데도 걸친 망토를 휘날리고 있는 체케라였다.

이 중년 주인은 할 일이 별로 없는지, 망토가 휘날리도록 바람 마법을 펼친 채 내가 올 때까지 기다리고 있었나 보다.

자기 이름을 밝힌 후, 체케라는 만족스러운 표정을 지으며 망토를 벗었다.

"그럼 안쪽에 있는 공방으로 가자. 우리 가게는 마법이 걸린 로브를 만들기 위한 마력섬유의 제작을 주로 한단다. 마력섬유의 강도는 마력을 집어넣은 술사의 마력에 비례하지. 우선 메구밍의 마력을 보도록 할까?"

"좋아요. 제 위대한 마력을 잘 보세요!"

나는 공방 안으로 들어간 후, 가슴을 펴면서 그렇게 말했다.

마력량만큼은 자신이 있었다.

"그럼 여기에 마력을 집어넣어봐. 마법은 습득했지? 마법을 사용할 때의 감각으로 이것에 마력을 쏟아 붓는 거야."

체케라는 마력을 넣는 방법을 설명하면서 옷감을 내밀었다.

그리고 시범을 보이듯 옷감 중 하나를 손에 쥐더니 그것에 직접 마력을 쏟아 부었다.

처음에는 새하얗던 그 옷감이 이윽고 홍마족이 선호하는 어두운 색깔로 물들었다.

그 변화를 두 눈으로 목격한 나는 호기심을 느끼며 옷감을 건네받았다.

평소 마법을 사용할 때의 감각으로 마력을 쏟아 붓는다.

평소 마법을 사용할 때의 감각으로…….

"……메구밍? 저, 저기. 메, 메구밍?!"

마력을 쏟아 부을 수 있을 정도로 마음이 고양되자, 자연스럽게 눈에 힘이 들어갔다.

분명 지금 내 눈은 붉은색으로 빛나고 있을 것이다.

오늘이야말로 무슨 수를 써서라도 일자리를 구해야만 한다고 생각하니 기합이 잔뜩 들어갔다!

내 마력이 들어간 옷감이 순식간에 검은색으로 변하더니 이윽고 검붉은 색을 띄었다. 그리고 서서히 선명한 붉은색을……!

바로 그때, 내가 들고 있던 옷감을 체케라가 빼앗았다.

그리고 그것을 가게 안쪽으로 집어던지더니…….

"『프리즈 바인드』!"

……체케라가 그렇게 외치자, 붉은색으로 물든 옷감이 순식감에 얼어버렸다.

그리고 체케라는 새파랗게 질린 얼굴로 외쳤다.

"이게 무슨 짓이야! 가게를 박살낼 생각이야?! 내 대처가 조금만 늦었어도 폭발했을 거라고!"

"죄, 죄송해요! 하, 하지만 저는 시키는 대로 했을 뿐인데……."

큰일 났다. 이대로 있다간 다른 공방에 갔을 때처럼 또……!

체케라는 고개를 갸웃거리면서 말했다.

"이상하네……. 학교를 갓 졸업한 애가 아무리 최선을 다해 마력을 집어넣어도 이렇게 될 리가 없는데……."

체케라는 그렇게 중얼거리면서 손수건 정도 크기의 천을 가지고 왔다.

"그러면 시험 삼아 이걸 만져봐. 마력은 넣지 않아도 돼. 검지를 대기만 하렴."

체케라가 그렇게 말하자 나는 그 손수건 끝에 손가락을 살짝 댔다.

그러자 그 손수건은 점점 검은색으로 물들더니 이윽고 아까처럼 선홍색을…….

"『프리즈 바인드』!"

체케라는 아까 썼던 마법을 한 번 더 펼쳐서 붉은 색으로 물든 손수건을 얼렸다.

그리고 천천히 고개를 저었다.

"아무래도 메구밍은 타고 난 마력이 지나치게 강한 것 같네. 게다가 그 마력을 제대로 컨트롤하지 못하는 것 같아."

체케라는 미안하다는 표정을 지으면서 나를 쳐다보았다.

"메구밍의 아버지인 효이자부로 씨도 항상 마력이 남아돌아서 이상한 마도구만 잔뜩 만들잖아. 마력이 강한 건 어쩔 수 없다고 해도, 메구밍은 마법 연습을 좀 더 해서 마력 제어의 정밀도를 올리는 편이 좋을 거야. 그러면 주입하는 마력량을 조절할 수 있겠지. 그렇게 되면 다시 찾아오렴."

나는 몇 번째인지조차 기억나지 않는 불합격 통보를 받았다.

—나는 가게에서 나온 후, 망연자실한 기분에 사로잡혔다.

다른 공방에서도 비슷한 소리를 들으며 하루 만에 해고를 당했다.

아무래도 나는 마력이 지나치게 강한 것 같았다.

그건 기뻐해 마지않을 일이지만…….

나는 폭렬마법만 쓸 수 있기 때문에 아무리 마법 연습을 해도 마력 주입량을 조절하는 법을 익힐 수가 없다는 점이 문제였다.

폭렬마법은 소비 마력이 엄청나서 그 마법을 쓸 때는 항상 전력을 다했다.

그러니 마력 주입량을 조절할 일이 없는 것이다.

나를 고용해줄 만한 마도구 공방은 이제 전부 돌아보았다.

차라리 마도구 제작을 하는 아버지를 도와서 용돈이라도 받을까?

하지만 아버지의 마도구는 하나같이 결함품이라 거의 팔리지 않는다는 것은 나도 잘 알고 있다.

안 그래도 가난한 우리 집에 나한테 용돈을 줄 여유가 있을 리가 없었다.

그렇다면 남은 건…….

나는 이 마을에서 포션을 제작하는 장인을 찾아가기로 했다—.

"마도구 제작보다 돈이 안 된다는 걸 알기 때문에 안중에도 없었지만, 피치 못할 상황이라 이렇게 찾아왔어요. 포션 제작에는 자신이 있어요. 고용해주세요."

"지망동기를 솔직하게 말해준 건 고맙지만 말이야. 뭐랄까 많은 사람들을 돕기 위해 포션도(道)를 갈고 닦으러 왔습니다, 같은 소리라도 하는 게 어때?"

"그럼 그런 걸로 해두죠."

"헛소리 하지 마."

이 마을에서 포션을 만드는 공방에 쳐들어간 나는 이 공방의 주인에게 면접 요청을 했다.

포션 제작이라면 학교에서 충분한 실적을 올렸다.

스킬업 포션 같은 초 고난이도 포션은 무리지만 여기라면 나도 도움이 될 수 있을 것이다.

이 공방의 주인은 난처한 표정을 짓더니, 이윽고 체념한 것처럼 한숨을 내쉬었다.

"딱히 일손이 부족하지는 않지만……. 전송 비용을 벌 때까지의 단기 아르바이트라도 괜찮다면야 고용해주지."

"고맙습니다!"

만세! 괜한 욕심 부리지 말고 처음부터 포션 제작 공방으로 올걸 그랬다!

아무래도 나는 돈이 얽히면 판단력이 흐려지나 보다.

이 나쁜 버릇을 고치지 않으면 미래의 동료들이 나한테 정나미가 떨어질지도 모른다.

"조합을 담당하는 사람은 충분하니까 우선 포션 재료 수집을 부탁해볼까. 근처 숲에 가서 일격곰을 세 마리 정도 사냥한 후 간을 모아와."

아직 만나지 못한 동료들을 위해서라도 지금은…….

"……방금 뭐라고 했어요?"

"일격곰의 간을 세 개 정도 가지고 오라고 했어. 그리고 저쪽에 몬스터가 선호하는 향기를 뿜는 포션이 있으니까 가지고 가서 몬스터를 유인하는데 써."

포션 가게의 주인은 밝은 미소를 지으면서 그런 소리를 했다.

일격곰은 평범한 모험가에게 있어 강적이지만, 상급 마법을 습득해 학교를 졸업한 홍마족에게 있어서는 경험치 벌이용 사냥감에 지나지 않았다.

하지만 나는 그런 상대에게서 간만 채취하는 것은 불가능했다…….

……나는 포션 제작 아르바이트도 할 수 없을 것 같았다.

―나는 포션 가게에서 나온 후, 눈앞이 깜깜해지는 느낌을 받았다.

……큰일 났다.

진짜로 큰일 났다.

천재라고 불렸던 내가, 백수가 됐다.

여동생이 어딘가에서 얻어온 식량만 얻어먹으며 지내는 지금 상황은, 솔직히 말해 인간으로서 문제가 너무 많았다.

포션 가게의 주인은 새로 만든 약의 시음(試飮) 아르바이트 자리라면 있다고 했다.

이렇게 되면 수상쩍은 아르바이트라도 하는 편이 나을까.

하지만 같은 또래 애들보다 키가 작고, 몸도 빈약한 내가 모르모트 역할을 제대로 할 수 있을까.

이제 어쩌면 좋을지 전혀 모르겠지만, 이런 정신 상태에서 고민을 해봤자 올바른 해답을 찾아낼 수 있을 리 없다.

그렇다. 이럴 때야말로 그거다.

나는 오늘 밤의 그것에 대비하여 오늘은 일찍 돌아가서 자기로 했다.

4

—심야. 누구나 잠이 들고 희미한 벌레소리만 들리는 정적에 감싸인 마을에서 폭음이 울려 퍼졌다. 그리고 잠시 후, 긴급사태를 알리는 종소리가 마을 안에 울려 퍼졌다.

"또냐아아아아아앗!"

"이 자식, 이번에야말로 안 놓친다!"

마을 곳곳에서 고함 소리가 들려왔다.

한밤중에 울려 퍼진 폭음 탓에 잠에서 깬 마을 어른들은 분노에 휩싸인 채, 하늘을 향해 업화(業火)의 마법을 조명 삼아 쏴대고 있었다.

눈부신 빛이 비추고 있는 밤하늘 아래에서 두 개의 그림자가 살금살금 움직이고 있었다.

"코멧코, 서둘러요! 아야야야야얏! 코, 코멧코! 다리가 아니라 상반신을 잡아당기라고요!"

그렇다. 바로 우리였다.

"언니, 오늘 불꽃도 예뻤어! 내일도 보여주면 안 돼?"

"연달아 쓰면 경계당할 것 같은데……. 뭐, 내키면 내일도 하죠. ……그런데 코멧코. 상반신을 당기는 건 좋지만, 조, 좀 더 상냥하게……!"

코멧코는 밤하늘을 향해 폭렬마법을 쏜 후, 꼼짝도 못하는 나를 질질 끌고 갔다.

물론 아직 어린 여동생이 혼자 힘으로 나를 옮길 수 있을 리가 없었다.

나는 지금 목제 썰매 같은 것을 타고 있지만 썰매 자체가 작은 탓에 몸의 일부가 밖으로 삐져나왔다.

아까 코멧코가 하반신을 당길 때는 머리가 바닥에 부딪혀 갈려 나갈 것 같았기에, 상반신을 잡아당겨달라고 했지만…….

"하지만 서두르지 않으면 사람들이 몰려올 거야."

여동생이 그렇게 말하자, 나는 마력을 다 쓴 탓에 노곤한 몸을 억지로 움직여 주위를 둘러보았다. 그러자 하늘을 향해 마법을 쏜 어른들이 서서히 이곳을 향해 몰려오고 있었다.

크, 큰일 났다!

"코멧코, 좀 난폭해도 괜찮아요! 서둘러 이 자리를 벗어나는 거예요!"

"오케이!"

—현재 홍마의 마을은 마왕군의 습격 탓에 골머리를 썩이고 있었다.

습격이라고 해도, 다들 잠든 심야에 폭음을 일으키는 얄팍한 장난 같은 짓이었다.

대체 누가 어떤 목적으로 이런 장난을 계속 치는 것일까.

매번 마을 주변을 샅샅이 뒤지는 데도 항상 범인을 놓치고 말았다.

마을 사람들은 대규모 폭발의 흔적과 매번 포위망을 벗어나는 솜씨를 보고, 마왕군 간부급에 의한 테러가 아닐까 하는 의견을 내놓고 있었다.

코멧코와 함께 집에 돌아온 다음 날의 일이다.

"좀 나와봐아아아아아앗!"

꼭두새벽부터 문 두드리는 소리와 함께 고함 소리가 울려 퍼졌다.

졸린 눈을 비비면서 문을 열어보니…….

"……융융, 무슨 일이죠? 아침부터 정말 시끄럽군요. 이웃들에게 폐 좀 끼치지 말아줬으면 좋겠는데요."

"메구밍이 그런 소리 하기야?! 응?! 너한테 그런 소리를 할 자격이 있냐구! 나는 어젯밤에 일어난 폭발 소동의 범인을 찾느라 밤새도록 뛰어다녀야했단 말이야!"

밤새도록 일한 탓인지 눈 밑에 다크서클이 생긴 융융이 잡아먹을 듯이 달려들었다.

"그런 소리를 왜 저에게 하는 거죠? 범인은 마왕군의 간부잖아요. 그런 투정은 제가 아니라 범인에게 해줬으면 좋겠군요."

내가 그런 소리를 하면서 시치미를 떼자 융융은 미간을 찌푸리면서 얼굴을 쑥 내밀었다.

"흐음~. 메구밍은 요즘 들어 빈번하게 발생하는 폭발 소동의 범인이 마왕군이라고 생각하는구나."

"물론이죠. 그 완벽한 솜씨로 볼 때, 매우 유명한 간부의 짓이 분명해요. 마을 사람들이나 풋내기 홍마족인 융융에게는 버거운 상대겠죠."

내가 태연한 목소리로 그렇게 말하자 융융의 관자놀이에

힘줄이 섰다.

"흐음~! 폭발 소동은 메구밍이 면접을 보러 갔다가 불합격당한 날의 밤에만 일어나는데도, 마왕군의 짓인 거구나!"

내 두 어깨를 움켜쥔 융융이 얼굴을 내밀면서 그렇게 말하자…….

"무, 물론이죠! 왜 그러죠? 혹시 저를 의심하는 건가요? 융융은 알고 있을 텐데요? 제가 마법을 쓰면 마력이 다 떨어져서 꼼짝도 못하게 된다는 걸요!"

어깨를 잡혔지만 어떻게든 도망칠 방법이 없는지 모색하던 나에게, 융융은 입가를 부르르 떨면서 말했다.

"흐으으으으음! 항상 이른 아침에 일어나던 코멧코가, 폭발 소동이 일어난 다음 날 아침에만 늦잠을 자는 것도 우연인 거구나?!"

큭, 진짜로 큰일 났다!

"왜, 왜 이러는 거죠?! 혹시 진짜로 저를 의심하는 건가요?! 실망이에요! 융융에게 실망했다고요! 저는 융융을 친구라고 생각했는데, 융융은 그렇지 않나 보군요! 친구를 이렇게 의심할 리가 없으니까요!"

관자놀이에 새파란 힘줄이 선 융융은 붉은 눈동자를 번뜩이더니 양손으로 내 머리를 움켜쥐었다.

"친구 같은 소리로 내가 용서해줄 거라고 생각했다면, 그건 착각이야아아아아앗!"

"아야야야얏! 그만하세요! 알았어요, 알았다고요! 뇌가, 천재라 불린 나의 뇌가아아~!"

융융이 힘껏 머리를 흔들어대자 나는 결국 그녀에게 사실대로 말했다.

"정말! 왜 메구밍은 항상 요 모양 요 꼴인 거야! 저기, 바보야? 메구밍은 항상 천재 소리를 듣지만, 역시 종이 한 장 차이로 바보인 거지?"

"으윽……."

나는 바닥에 무릎을 꿇은 채 융융에게 설교를 듣고 있었다.

융융은 현재 자경단에 소속되어 있었다.

급료도 없고 이름뿐인 얼간이 자경단이지만, 이럴 때에는 당연하다는 듯이 동원된다.

그리고 그녀는 처음으로 폭발 소동이 발생했을 때부터 나를 의심하고 있었나 보다.

"확실히 이번 소동의 흑막은 저예요. 그래도 융융이 이렇게 간단히 친구를 의심하는 애인 줄은 몰랐어요. 정말 실망이에요."

"아직도 그딴 소리를 하는 거야? 가장 먼저 눈치챈 사람이 나라서 다행인줄 알라구! 만약 다른 사람에게 들켰으면 어떻게 됐을 것 같아?! 그렇게 주위의 기대를 한 몸에 받았던 네가 폭렬마법을 배웠다는 것을 마을 사람들이 알게 된다면 완전 실망할 거란 말이야!"

융융의 고함소리를 들은 순간, 나는 온몸이 굳었다.

폭렬마법은 엉터리 마법.

웬만한 이들은 쓰지도 못할 만큼 마력 소비량이 많고 파괴력 또한 지나치게 강력했다.

게다가 배우려면 스킬 포인트도 엄청 많이 필요하기에, 이 스킬을 익힌 이는 바보라는 것이 마법사들 사이에서의 상식이었다.

나는 무릎을 꿇은 채 융융의 안색을 살피면서 말했다.

"하지만 제 입으로 이런 말을 하는 것도 좀 그런데 말이죠. 저 치고는 꽤 오랫동안 참았다고 생각하지 않나요? 폭렬마법을 습득하고 반 년 가량 지났다고요. 아무리 인내력이 강한 저라도 슬슬 한계란 말이에요."

"그, 그딴 건 내가 알 바 아냐! 아무튼 상황이 잠잠해질 때까지 폭렬마법을 쓰는 건 금지야! 알았지?!"

"긍정적인 방향으로 검토해보겠습니다."

"......"

"아, 알았어요! 코앞에서 그런 눈으로 쳐다보지 마세요!"

5

현관 앞에서 계속 이러는 것도 조금 그래서 나는 융융을 집안으로 들였다.

“그런데 이제부터는 어떻게 할 생각이야? 아직 일자리를 못 구했지?”

융융은 밥상 위에서 몸을 동그랗게 말고 있는 춈스케를 쓰다듬으며 말했다.

아무튼 이렇게 일자리가 구해지지 않으면 방법은 하나뿐이다.

“이렇게 됐으니 최후의 수단을 써야 할 것 같아요. 바로 몸을 파는 거죠.”

그렇다. 포션 가게 주인이 말했던 신약 시음 아르바이트를 하는 것이다.

다소 불안하지만 이렇게 되면 이 몸을 희생해서라도 돈을 벌 수밖에 없다.

“뭐?! 무무무, 무슨 소리를 하는 거야?! 저, 저기, 메구밍. 무슨 소리를 하는 거냐구! 자기 자신을 소중히 여기란 말이야!”

내 말을 들은 융융의 얼굴은 새빨갛게 붉어졌다가 새파랗게 질리기를 반복하고 있었다.

“하지만 저에게 남은 것은 이 몸뚱이뿐이에요. 그런데 평범한 애들보다 빈약한 편이니, 저라도 정말 괜찮은 건지 한 번 더 물어봐야할 것 같네요.”

밥 먹듯이 체육 시간을 빼먹은 나를 얕보지 말아줬으면 한다.

신체능력은 반 안에서 꼴찌였을 거라고 지금도 자부할 수 있다.

모르모트 아르바이트를 할 거라면 몸이 튼튼한 편이 좋지 않을까.

아, 부작용을 조사할 거라면 나처럼 빈약한 애가 좋을지도 모른다.

"아아아아, 안 돼! 그그, 그리고 몸이 빈약하다고 해도, 아직 열셋밖에 안 됐잖아! 아직 포기하기에는 일러! 메구밍은 영양부족이라 좀 빈약한 것뿐이라고 봐! 그, 그래! 나중에 우유라도 사줄 테니까……."

융융은 동정하듯 나를 쳐다보면서 그렇게 말했다.

하지만 왜 그녀의 시선은 내 가슴을 향하고 있는 걸까.

뭐, 융융의 말대로 나는 운동부족과 영양부족 때문에 남들보다 빈약한 걸지도 모른다.

그런데 어째서 우유?

어차피 사줄 거면 배를 채울 수 있는 게 좋은데…….

"하지만 저를 생각해서 그런 제안을 해준 걸 테니까요. 일단 포션 가게 주인의 호의를 받아들일까 해요."

"그 사람 좋아 보이는 아저씨가 그런 제안을 했던 거야?! 용서 못해. 메구밍이 가난하단 걸 이용해서 그딴 짓을 하려고 해……?!"

방금까지 얌전히 앉아있던 융융이 갑자기 벌떡 일어나 주먹을 말아 쥐었다.

왜, 왜 저러는 걸까. 마치 금방이라도 어딘가에 쳐들어갈 기세다.

확실히 신약 시음은 위험을 동반할지도 모르지만 저렇게까지 화낼 일일까?

융융이 이렇게 진심으로 걱정해주니 왠지 당황스러우면서도 부끄러웠다.

"아, 아뇨. 그 사람도 딱히 저를 이용하려는 게 아니라, 돈이 없는 저를 도와주려고 하는 것뿐이에요……. 확실히 좀 무섭기도 하고, 긴장되기도 해요. 하지만 그 사람은 솜씨가 좋기로 유명하니까, 그렇게 괴롭지는 않을 거예요. 반나절 정도 눈을 감고 가만히 있기만 하면 되는 편한 일이죠."

"뭐?! 솜씨가 좋아?! 그 아저씨, 그쪽으로 유명한 거야?! 아내뿐만 아니라 자식도 있으면서?! 용서 못해!"

나는 융융을 달래려고 그렇게 말했지만 어찌된 영문인지 그녀는 더욱 화를 냈다.

감정이 격앙된 탓에 융융의 붉은 눈동자는 선명하게 빛나고 있었다.

대체 융융은 왜 이렇게 화를 내는 걸까.

자식이 있으면서 남의 집 자식을 이용해 신약 실험을 하지 말라는 소리가 하고 싶은 것일까.

"괘, 괜찮아요, 융융. 저는 얼마 전에 생일을 맞이해 열세 살이 되었으니, 이제 애가 아니에요. 그리고 포션 가게 주인도 말했어요. 딱 네 나이 또래의 애에게 시험해보고 싶은 게 있다, 고……."

아무래도 내 또래 애들이 걸리는 병에 대한 예방약인 것 같았다.

"용서 못해! 절대 용서 못해! 메구밍과 비슷한 또래의 애한테 시험해 보고 싶은 거라구?! 나, 그 포션 가게에 확 불을 질러버릴래!"

"가지 마세요! 융융, 당신 오늘 좀 이상해요! 대체 왜 그러는 거죠?! 가지 말라고요!"

6

나는 어깨에 매달린 촘스케의 무게를 약간 신경 쓰면서 융융과 함께 마을 안을 걸었다.

"정말! 전부터 생각했던 거지만, 융융은 꼭 오해를 해도 왜 야한 쪽으로 하는 거죠? 왜 제가 그런 문란한 장사를 할 거라고 생각한 거냐고요!"

"그그, 그게! 메구밍이 딱 오해하기 좋은 식으로 말을 하니까……!"

그 후, 대화에서 위화감을 느낀 덕분에 서로의 오해는 풀렸지만…….

“그리고 제가 말한 빈약한 몸은 영양 부족에 의한 건강 및 신체 능력적인 의미예요! 발육에 대해 말한 게 아니라고요! 자기가 요즘 들어 발육이 좋다고 잘난 체하는 건가요?! 정말 너무하네요!”

“그딴 소리를 하면서 왜 우유는 얻어먹는 건데! 나도 좀 이상하다고 생각하기는 했어! 빈약하기 그지없는 메구밍한테 그런 제안이 들어올 리가 없다는 생각이 들었단 말이야!”

“앗, 해선 안 될 소리를 했군요! 그리고 제가 빈약하기는 하지만, 저 같은 체형도 특정 취향 소유자들 상대로 엄연히 수요가 있다고요! 융융이야말로 아루에만큼 풍만하지도 않고, 저만큼 조신하지도 않은 어중간한 체형이잖아요! 그런 사람이 잘난 척 하듯 계속 쳐다보니 짜증이 확 치솟는다고요!”

“어, 어중간! 어중간하다구?!”

앞장서서 걷던 융융은 나를 확 뒤돌아봤다.

“그래요! 어중간해요! 몸도 어중간하고, 익힌 마법도 어중간하죠! 분명 남성들의 수요도 어중간하겠……. 앗, 뭐, 뭐 하는 거죠!”

“이게에에에에엣!”

울상을 지으며 달려드는 융융과 몸싸움을 벌이다보니 어깨에서 촘스케가 떨어졌다.

촘스케의 목덜미를 잡고 다시 어깨에 올려놓자, 이번에는 안 떨어지겠다는 듯 손톱을 세우며 한사코 매달렸다.

그런 나와 촘스케를 보고 독기가 빠져버린 융융은…….

"……정말, 걱정 좀 끼치지 마."

여전히 언짢다는 표정을 지으며 그런 소리를 했다.

"흐음, 라이벌인 저를 걱정한 건가요?"

"뭐?! 아, 아냐……! 걱정하는 게 아니라, 일자리를 못 구했다고 분풀이 삼아 또 폭렬마법을 쏘면 내가 곤란하단 말이야! 자, 가자!"

융융은 츤데레 같은 소리를 하면서 앞장서서 걸었다.

아까 포션 가게 아르바이트에 대한 이야기를 한 후…….

여행을 떠날 돈이 없으며 돈을 벌 일자리도 구하지 못했다는 사실을 융융에게 털어놓자, 그녀는 함께 아르바이트 자리를 찾아주겠다고 했다.

이러쿵저러쿵 말이 많지만 융융은 남들을 잘 돌봐주는 쉬운 애라는 생각이 들었다.

하지만 이 마을의 공방에서 모두 퇴짜를 맞았으니, 더는 아르바이트할 곳이 없다고 생각하는데…….

"—여기야! 이 가게는 낮에 꽤 붐비지만 종업원이 주인아저씨 한 명뿐이야! 항상 고생이 많으니까 분명 고용해줄 거야! 학교가 쉬는 날에 혼자 점심 먹는 건 쓸쓸하니까, 이곳의 벤치에서 사람들을 구경하며 자주 도시락을 먹었어."

융융이 나를 데리고 간 곳은 이 마을에서 인기 있는 식당이었다.

나와 융융은 식당에서 조금 떨어진 벤치에 앉아 가게를 관찰하고 있었다.

겸사겸사 융융의 안타까운 에피소드도 들었지만, 긁어 부스럼을 만들고 싶지 않았기에 못 들은 척 하기로 했다.

"으음, 확실히 이 가게는 항상 장사가 잘 되니 고용해주기는 할 것 같지만……."

내가 말끝을 흐리자 융융은 고개를 갸웃거렸다.

"저기는 안 되는 거야? 주인아저씨는 꽤 상냥한 사람이야. 내가 이 벤치에서 혼자서 도시락을 먹고 있으면 『밖은 추우니까 가게 테이블에서 먹지 않겠니?』 하고……."

"가슴이 아프니까 그 이야기는 이제 그만 하세요. 그리고 그냥 가게에 가서 음식을 주문하면 되잖아요! ……저 가게가 안 되는 게 아니라 말이죠. 마도구 공방이나 포션 공방 이외의 가게에서는 아르바이트를 해봤자 임금이 짜잖아요."

"그런 식으로 일을 가리니까, 아직도 일자리를 못 구한 거야! 아르바이트를 해서 돈을 모아야 여행을 떠날 수 있잖아?! 전에 말했던 『로브 차림의 언니』와 만난다는 꿈은 안 이룰 거냐구! 자, 빨리 가자!"

으으……. 일리가 있는 말이다.

융융은 아직도 투덜거리는 내 손을 잡아끌면서 가게로 향했다.

"—저기, 여기서 아르바이트를 하고 싶은데요."

어느 정도 손님이 빠져서 가게 주인인 아저씨가 조금 한가해졌을 즈음…….

나는 그 아저씨에게 아르바이트 면접을 보고 싶다고 말했다.

참고로 방금까지 그렇게 적극적이었던 융융은 잘 알지 못하는 상대 앞이라 그런지 잔뜩 위축되었기에, 결국 내가 그 아저씨에게 말을 걸었다.

일단 나를 도와줄 생각은 있는지 내 뒤편에서 오들오들 떨고 있었다.

"어? 효이자부로의 딸인……. 메구밍 맞지? 우리 가게에서 일하고 싶니? 나야 괜찮지만, 마도구 공방이나 포션 공방에 비하면 급료가 싼데 괜찮겠어?"

"괜찮고말고요! 접시 닦이든 뭐든 다 할게요! 제발 고용해 주세요!"

천재라 불리던 내가 식당에서 아르바이트나 하게 되다니…….

실은 마법 관련 아르바이트를 하고 싶었지만 상황이 여의치 않으니 어쩔 수 없다.

로브 차림의 언니를 찾는 게 꿈이기는 하지만, 단서가 있는 것도 아니고 서둘러야 할 이유가 있는 것도 아니다.

웨이트리스 같은 간단한 일을 하면서 착실히 돈을 모은

후에 여행을 시작해도 늦지는 않을 것이다.

항상 집을 비우는 부모님을 대신해 코멧코를 돌봐온 덕분에 웬만한 요리는 얼추 할 줄 안다.

포션에 쓰이는 재료를 모으러 다니는 것에 비하면 웨이트리스 정도는 식은 죽 먹기이리라—.

"감자 껍질을 벗긴 후에는 빈 접시를 수거해 와! 그리고 그걸 설거지한 후에는 냉장고 안에 넣어둔 파오리 고기를 가지고 와!"

"예, 알았어요!"

그런 식으로 쉽게 생각하다니 나는 정말 바보입니다.

—지금은 정오 직후. 식당이 가장 혼잡할 시간대다.

홍마의 마을에는 음식점이 손으로 꼽을 정도밖에 없었다.

그래서 단골이 많은 이 가게는 이 시간대가 되면 전쟁터를 방불케 할 만큼 바빴다.

허둥지둥 감자 껍질을 벗긴 후, 식사를 끝낸 손님들의 접시를 회수해서 설거지를 했다.

그런 내 옆에서 아르바이트 할 필요가 없는 융융이 일거리를 떠맡더니, 지금은 양배추를 열심히 채썰고 있었다.

"메구밍, 손님이 왔으니 설거지 중단하고 일단 주문부터 받아와!"

"예!"

너무 바빠서 눈이 빙글빙글 돌았다.

새로운 손님에게 주문을 받은 후, 다시 돌아와서 설거지를…….

"세트 메뉴 2인분 완성됐으니까 서빙해! 그리고 또 손님이 왔으니까 주문도 받아오렴!"

"아, 예!"

요리를 손님에게 가져다준 후, 나는 새로운 손님에게 주문을 받으러 갔다.

"어서 오세……."

나는 손님에게 미소를 지으면서 인사를 한 후, 주문을 받으려—.

"으음, 뭐로 할까……. ……어, 메구밍이잖아!"

"어? 진짜네. 메구밍이야. 이런데서 아르바이트를 시작한 거야?"

……그 손님은 후니후라와 도돈코였다.

메뉴판에서 눈을 뗀 두 사람은 앞치마를 걸친 웨이트리스 차림의 나를 쳐다보며 히죽거렸다.

뭐가 저렇게 재미있는 건지는 모르겠지만, 바빠 죽겠으니 후딱 주문이나 해줬으면 좋겠다!

그런 내 마음을 알 리 없는 후니후라는 내 머리끝에서 발끝까지 훑어본 후…….

"점원 아가씨가 정말 귀여운 옷차림을 하고 있네. 푸, 푸푸풉……! 메구밍이! 천재 소리를 들으며 반에서도 틈을 거의 보이지 않던 메구밍이, 앞치마를 걸친 채 미소를 지었다구……! 아하하하하핫!"

"방긋 웃으면서 인사를 했어! 어, 어서오세요 라고 말하면서 미소 지었단 말이야! 아하하하하하! 체육 시간에도 남들과 짝을 짓지 않으며 고고한 천재인 척 했는데! 저기, 한 번 더 미소 지어봐! 응?!"

…….

"저기, 손님. 주문을……."

테이블을 두드려가며 나를 비웃어대는 두 사람을 보니 내 관자놀이에 힘줄이 서는 게 느껴졌다.

참자, 참아야 한다.

홍마족은 남이 걸어온 싸움을 반드시 받아준다.

이것은 홍마족의 철칙이지만 이곳은 음식점이었다.

그리고 지금 나는 손님을 상대하고 있다.

복수를 할 거면 일을 끝내고 나서 해도 된다.

겨우 구한 일자리다. 이 상황에서 분노를 터뜨리며 이 두 사람을 자근자근 밟아주는 건 어른스럽지 못했다.

내가 아무 반응도 보이지 않자 후니후라와 도돈코도 재미없다는 듯이 주문을 시작했다.

"저기, 메구밍. 이 가게의 추천 메뉴를 가르쳐줘."

"아, 나도! 나는 후니후라와 다른 메뉴를 추천해줘!"

추천 메뉴라…….

그러고 보니 이 식당 주인이 말했던 추천 메뉴는…….

"오늘의 추천 메뉴는 제철 채소를 이용한 채소 볶음 세트와, 파오리 덮밥 세트……."

"그래? 그럼 나는 민물 생선 세트로 할래."

"나는 오늘의 세트 메뉴를 주문할게."

하마터면 이 두 사람에게 바로 달려들 뻔 했다.

참자, 참아야 한다.

이 두 사람에게는 일을 끝낸 후에 반드시, 반드시 복수를 해주자.

후니후라는 동생이라면 껌뻑 죽는 브라콤이라는 소문이 있으니까, 그녀의 동생에게 별의별 이야기를 다 해주자.

도돈코는 보기보다 소심하니까, 혼자 있을 때 마구마구 괴롭혀주는 것이다.

"놀려도 재미가 없네. 뭐, 좋아. 빨리 요리를 가지고 와."

"그래, 배가 고프니까 메구밍을 더 가지고 노는 것도 귀찮아."

두 사람은 재미없다는 표정을 지으며 그런 소리를 했다.

좋아, 잘 참았어. 나도 성장했다니깐.

아, 그러고 보니 돈을 아직 받지 않았다.

이 가게에서는 음식 값을 선불로 받는다.

"그럼 민물 생선 세트 700에리스, 오늘의 세트 600에리스 입니다."

내가 요금을 말하자 두 사람은 서로의 얼굴을 바라보며 히죽거린 후 말했다.

"메구밍은 학생 시절에 융융을 잔뜩 뜯어먹었지? 그러니 사회에 나온 기념으로 한 번 정도는 남한테 한턱내는 것도 좋지 않아?"

"동감이야! 아저씨~, 우리 음식 값은 메구밍의 아르바이트 비에서 빼……, 끼야아아아아아앗!"

"자, 잠깐만! 우, 우리가 잘못했어! 잘못했으니까, 마법을 영창하지 마아아아앗!"

7

"인내심이 너무 없잖아! 후니후라 양과 도돈코 양도 잘못하기는 했지만, 아직 아르바이트를 시작하고 한 시간도 지나지 않았다구! 가게 안에서 마법을 영창하다니, 대체 생각이 있긴 한 거야?! 이번에는 들키지 않은 것 같지만, 홍마족 중에는 영창만 듣고 폭렬마법이라는 걸 눈치채는 사람도 있거든?! 까딱 잘못하면 마왕군 탓인 걸로 되어 있는 폭발 소동의 범인이 실은 메구밍이라는 것도 바로 들킬 거야!"

"알아요, 안다고요. 진짜로 반성하고 있어요……."

마법 영창을 시작한 나를 다른 손님들이 막았기에, 결국 그 두 사람에게는 다른 방법으로 보복했다.

근처에 있던 손님이 어묵 세트를 먹고 있어서 따끈따끈한 어묵을 두 사람의 입에 집어넣었던 것이다.

두 사람이 울면서 돌아간 후, 나는 당연하게도…….

"이렇게 잇달아 모가지를 당하니 정신적으로 힘드네요. 저한테 맞는 일거리는 없는 걸까요……."

내가 마법과는 전혀 상관없는 일자리에서도 잘린 탓에 약간 침울해 하자, 융융은—.

"그, 그래도 말이야! 그 일이라면 메구밍도 할 수 있지 않을까?"

—라며 다른 일자리를 소개했다.

8

—두꺼운 구름이 떠있는 하늘에서는 금방이라도 비가 내릴 것 같았다.

그런 가운데, 진지한 표정을 짓고 있는 세 홍마족이 각각 지팡이를 손에 든 채 떨어진 곳에 서 있었다.

"시작할게~!"

떨어진 곳에 서 있는 언니가 큰 목소리로 말했다.

그 목소리에 답하듯 다른 곳에 있는 이들도 손을 들며 신호를 보냈다.

방금 말을 했던 언니는 그 모습을 보더니 지팡이를 지면에 찔러 넣으면서—.

"내 마력을 영양분 삼아, 이 대지에 위대한 풍작을 가져와라! 『어스 셰이커』!"

과장스러운 소리를 늘어놓으면서 큰 목소리로 마법을 읊조렸다.

그녀는 이 마법에 모든 마력을 다 쏟아 부은 것 같았다.

눈앞에 존재하는 광대한 토지 전체를 마법의 영향 범위로 삼은 그 언니는 강력한 땅 속성 마법을 발동시켰다!

대지가 꿈틀대며 진동하더니 맥박 치듯 굽이쳤다.

술사의 뜻에 따라 땅이 움직이더니 내 눈앞에 펼쳐져 있던 넓디넓은 토지가 갈아졌다—!

그렇다. 갈아지기만 했다.

과장스러운 소리를 늘어놓고 방대한 마력을 소비한 끝에 넓디넓은 토지를 갈았을 뿐이었다.

그 모습을 지켜본 다른 남자가 커다란 상자를 안아든 채 앞으로 나섰다.

그리고 안고 있던 상자를 지면에 내려놓더니 지팡이를 치켜들었다. 그리고 진지한 표정을 지으며 힘찬 목소리로 외쳤다.

"대지여, 바람이여, 미쳐 날뛰어라! 내 의지에 따라! 날아 올라라! 『토네이도』!"

하늘을 떨리게 만들 정도의 마력을 쏟아 부어 펼친 바람 마법은 상자의 내용물을 들어 올리더니 경작된 대지에 그것을 흩뿌렸다.

그렇다. 다이내믹 씨앗 뿌리기다.

그는 호쾌하게 뿌려진 씨앗을 만족스럽다는 듯 응시하며 고개를 끄덕인 후, 마지막 한 명에게 신호를 보냈다.

"내 전능한 힘은 이 세상의 섭리마저 비틀고, 날씨마저 지배한다! 『컨트롤 오브 웨더』!!"

그 사람이 기합 넘치는 목소리로 그렇게 외친 순간, 흐린 하늘에서 비가 내리기 시작했다.

아까부터 뭔가를 피우고 있었는데 아무래도 비를 내리게 하는 마법을 쓰고 있었나 보다.

……씨앗을 뿌린 땅에 물을 주는 것 같았다.

하는 짓은 단순한 농사지만, 그들은 방대한 마력을 아낌없이 사용하며 강력한 마법으로 작업을 하고 있었다.

—홍마의 마을에서 소비되는 식재료는 총 열 명 정도 되는 농부들이 생산하고 있었다.

이 마을의 인구는 수백 명 정도다.

그 수백 명이 소비하는 식재료는 지금 내 눈앞에 펼쳐져 있는 광대한 농업 지구에서 실로 호쾌하게 생산되고 있는 것이다.

이런 건 마법 낭비라는 생각이 들었다.

고레벨 홍마족이 마법을 쥐어짜내 농사를 짓는 모습을 나라의 높은 사람들이 봤다면 아깝다고 생각하며 이를 갈지 않을까.

어쩌면 이런 일에 마법을 낭비하지 말고 마왕군과 싸우라 말할지도 모른다.

"오늘은 이쯤 하자! 마력도 다 썼으니 수확을 시작하자구~! 그럼 아르바이트생들, 잘 부탁해!"

가장 먼저 마법을 썼던 언니가 우리를 쳐다보며 그렇게 말했다.

융융이 말했던 그 일이란 바로 채소 수확이었다.

마법으로 땅을 경작하거나 물을 주는 것은 가능해도 채소 수확만큼은 사람들의 손으로 직접 할 수밖에 없었다.

나와 융융은 마력을 대부분 소모한 농가 사람들의 일을 도왔다.

저쪽 밭에 있는 융융은 기운 넘치는 감자들이 집단으로 저항하고 있는 탓에 고전하고 있었다.

조그마한 감자들이 페인트를 쓰면서 교란하는 사이, 다른 감자가 무릎 뒤편에 몸통 박치기를 날리자 융융은 그대로 넘어졌다.

채소에게 바보 취급당하고 열 받은 융융이 은색 단검을

뽑아들어 상대를 위협하는 모습을 곁눈질하면서, 나는 파밭에서의 수확 작업을 시작했다.

몸을 웅크린 내가 낫으로 파를 베려고 하자 파는 몸을 굽혀 날을 피했다.

올해 채소 농사는 풍작이었다.

나는 마음을 다잡았다. 그리고 왼손으로 파의 아랫부분을 쥔 후, 낫으로 베려하자…….

—파가 몸통으로 내 얼굴을 때렸다.

…….

"저기, 이 녀석들은 소중한 상품이니까 가능하면 상처가 나지 않도록 조심하면서 수확해줘."

유치하게도 채소와 진심으로 싸우고 있던 우리들을 향해 언니가 주의를 줬다.

—우리는 몇 시간 동안 채소를 상대로 악전고투를 한 끝에 겨우겨우 각자가 맡은 밭의 수확을 끝냈다.

……농사도 정말 힘든 일이다.

아침에 일찍 일어나야 하고, 해충이나 밭을 망치는 짐승과 싸워야 하며, 수확 시기에도 전투를 벌여야만 한다.

농가 사람들의 레벨이 홍마족 중에서 특히 높은 것도 납득이 되었다.

"수고했어! 두 사람 다 처음치고는 일 잘하네. 자, 급료 받아! 괜찮다면 내일도 잘 부탁해!"

나는 그 언니에게서 오늘 몫의 아르바이트 일당을 받은 후, 진흙으로 범벅이 된 몸을 억지로 움직여 융융과 함께 집으로 향했다.

이러쿵저러쿵 하다 보니 저녁때가 되었다.

아침에 집을 나설 때 코멧코가 먹을 아침 식사와 점심 식사를 준비해두기는 했지만, 지금쯤이면 배고파하고 있으리라.

"으, 윽……. 나, 한동안은 감자를 쳐다보고 싶지도 않아……. 왜 무릎만 계속 노리는 거야……. 몬스터보다 머리가 좋은 채소 따위 정말 싫어……!"

감자 때문에 몇 번이나 땅바닥을 굴렀던 융융은 진흙으로 범벅이 된 볼을 소매로 닦으면서 울고 있었다.

"그래도 덕분에 레벨이 올랐잖아요……. 하지만 농사가 이렇게 힘든 일인 줄은 꿈에도 몰랐어요……."

나도, 융융도 레벨이 올랐다.

채소 수확으로 레벨이 오르니 기분이 좀 묘하지만, 그만큼 올해 채소는 기운이 넘치고 강적이었던 것이다.

오늘 급료는 4천 에리스.

겨우 몇 시간 일해서 받은 돈치고는 많은 편이리라.

……하지만 목표 금액인 30만 에리스에 비하면 턱없이 모자랐다.

게다가 채소 수확 아르바이트가 몇 달 동안 계속 있는 것도 아니었다.

나는 무심코 한숨을 내쉬며 중얼거렸다.

"……진짜 몸이라도 팔고 싶어지네요……."

"뭐?!"

나는 융융의 말을 들으면서 오늘 있었던 일을 돌이켜보았다.

후니후라랑 도돈코와 시비가 붙고 파와 격전을 벌이는 등, 정말 엉망진창인 하루였다…….

이럴 때는 폭렬마법을 써서 개운해지고 싶었다.

하지만 이틀 연속으로 소동을 일으킨다면 융융이 화낼 것이다…….

그런 생각을 하면서 융융과 함께 집으로 향하던 나는 문뜩 눈치챘다.

평소에는 마력을 다 써서 움직이지 못하는 나를 코멧코가 옮겨줬다.

내가 마을 안에서 마법을 사용하는 것은 코멧코를 데리고 위험한 마을 밖에 갈 수 없기 때문이었다.

하지만 지금은…….

"융융, 믿음직한 당신에게 좀 부탁하고 싶은 게 있는데요."

"미, 믿음직? 메구밍, 뭐가 어떻게 된 거야? 항상 자기가 최고라고 생각해서 남을 솔직하게 칭찬하지 못하는 네가 웬일로 그런 소리를 다 하는 건데?"

남들은 나를 그렇게 생각하고 있는 건가.

"……저도 때로는 남을 칭찬해요. 고맙다는 말도 할 수 있죠. 오늘 저와 함께 아르바이트를 해줘서 정말 고마워요!"

"으, 응……. 그런데 부탁할 게 뭐야?"

칭찬을 듣고 부끄러워진 건지 볼을 붉힌 융융이 고개를 갸웃거리자…….

"지금부터 저와 같이 어디 좀 가줬으면 좋겠어요. 잠시 데이트라도 하지 않겠어요?"

나는 그렇게 말하면서 미소 지었다.

9

"아아아아앗! 바보바보, 나는 바보야! 메구밍도 바보지만, 나는 메구밍보다 더한 왕바보라구!"

융융은 울상을 지은 채 마을 밖에 있는 숲속에서 고함을 질러대고 있었다.

"쓸데없이 똑똑한 애보다는, 조금 바보 같은 애가 애교가 있어서 더 인기 있다던데요?"

"시끄러우니까 입 다물고 있어! 아아, 정말! 메구밍, 좀 더 꽉 잡아! 안 그러면 떨어질 거라구!"

융융은 숲속을 내달리고 있었다.

그리고 그런 그녀의 등에는 물론 내가 업혀 있었다.

"융융은 보기보다 등이 넓네요. 믿음직한 등이에요."

"앗! 그건 여자애한테 할 소리가 아니잖아! 그딴 소리 계속하면 확 두고 갈 거야!"

등 뒤에서는 새빨간 비늘을 지닌 도마뱀형 몬스터가 분노에 사로잡힌 채 쫓아오고 있었다.

내가 날린 폭렬마법의 여파에 휘말린 탓에 머리끝까지 화가 난 것 같았다.

"마을에서 마법을 쓰는 것보다는 나을 거라고 생각한 내가 바보였어! 몇 십 분 전의 나를 꾸짖어주고 싶어!"

"너무 자신을 탓하지 마세요, 융융. 남의 부탁을 거절하지 못하는 점이 당신의 매력이라고 생각해요."

"진짜로 두고 가 버린다?! 아아아아, 엄마~!"

—융융이 곁에 있으면 그녀에게 업혀서 마을로 돌아올 수 있다.

그렇게 생각한 나는 폭렬마법을 쏘러갈 거니 동행해달라고 융융에게 부탁했다. 하지만 마법을 날린 장소가 좋지 않았는지, 낮잠을 자고 있던 파이어 드레이크가 폭렬마법의 여파에 휘말리고 말았다.

그리고 그 결과, 이런 사태에 처하고 만 것이다…….

마력을 다 쓴 탓에 움직이지 못하는 나를 업은 채 엉엉 울면서 숲속을 질주하고 있는 융융은 사람 한 명을 업고 있는데도 전혀 휘청거리지 않았다.

역시 문무를 겸비한 우등생다웠다.

"저는 때때로 융융이 남자애였으면 좋겠다고 생각해요. 여차할 때는 믿음직한데다, 불평불만을 늘어놓으면서도 항상 제 억지를 들어주잖아요."

"너, 적당히 해! 따지고 보면 나보다는 메구밍이 더 남자애 같잖아! 머리카락도 짧고, 발육도…… 아야야야야! 잠깐, 이런 상황에서 머리카락 잡아당기지 마!"

발육 이야기를 들은 내가 무심코 융융의 머리카락을 잡아 당기자 그녀는 비명을 질렀다.

그 탓에 밸런스가 무너진 융융은 나무뿌리에 걸려 넘어졌다.

물론 그녀에게 업혀 있던 나도 내동댕이쳐졌다.

발톱을 세워가며 내 어깨에 매달려있던 촘스케는 나한테서 뛰어내리더니 가볍게 지면에 착지했다.

"아야야야……. 이런 비상시에 메구밍이 바보 같은 짓을 하니까 이렇게 된 거잖아!"

"무슨 소리를 하는 거죠. 먼저 제 신체적 특징을 언급한 건 융융……! 아, 거의 다 따라잡힌 것 같으니 빨리 다시 업어주세요."

"……저기, 진짜로 두고 가도 돼?"

융융이 어이없어하면서 나를 업을지 말지 고민하는 사이, 잔뜩 화가 난 도마뱀이 우리를 따라잡았다.

"이거 큰일 났네요. 융융, 각오를 다지세요. 이렇게 되면 맞서 싸울 수밖에 없어요! 상대는 한 마리, 그것도 강적이 넘쳐흐르는 마을 주변 몬스터 중에서 가장 약한 걸로 알려진 파이어 드레이크예요! 불꽃 브레스만 조심하면 융융도 이길 수 있을 거예요!"

"이길 수 있다, 가 아니라 이길 수 있을지도 모른다, 지만 말이야! 그리고 지면에 엎드린 채 그런 대사를 하면 엄청 꼴사납다구!"

허리에 찬 단검을 뽑아든 융융은 도마뱀처럼 생긴 파이어 드레이크와 대치했다.

엎드려 있던 나는 전투를 관전하기 위해 어찌어찌 몸을 굴려서 뒤집었다.

마침 몸을 굴린 곳에 있던 나무뿌리가 베개 역할을 해준 덕분에 전투를 지켜볼 수 있었다.

파이어 드레이크라고 불리는 이 대형 파충류는 네 발로 기듯이 이동한다.

낮은 위치에서 융융을 올려다보며 붉은 혀를 내밀어 위협을…….

아니, 혀가 아니다.

파이어 드레이크라는 이름에 걸맞게 이 도마뱀은 불꽃의 브레스를 뿜는다. 그리고 위협하듯 뿜고 있는 것은 조그마한 불꽃이었다.

"따라잡았으면서도 바로 달려들지 않는 걸 보면……. 훗, 융융. 적은 우리를 무서워하고 있는 것 같네요."

"우리가 아니라 나를 경계하고 있는 거야! 하지만 내 발치에는 폭렬마법으로 자기를 날려버렸던 증오스러운 상대가, 무방비한 상태로 굴러다니고 있으니 포기할 수가 없는 거겠지!"

융융은 도마뱀을 노려보면서 말했다.

바로 그때, 배 위에 뭔가가 놓인 느낌을 받고 고개를 돌렸다. 쵸스케가 느긋한 걸음걸이로 내 위에 올라오더니 몸을 동그랗게 말았다.

"……이 애는 이런 상황에서도 여유가 넘치네요."

"자기 주인을 닮은 것 같네!"

단검을 한 손에 든 융융은 살금살금 거리를 좁히는 파이어 드레이크에게서 눈을 떼지 않은 채 다른 한 손을 앞으로 내밀었다.

도마뱀과 그녀 사이의 거리는 4미터 정도였다.

언제든지 달려들 수 있는 거리다.

"『프리즈 거스트』!!"

융융이 고함을 지른 순간, 도마뱀을 둘러싼 공기가 새하얗게 변했다.

냉기를 동반한 안개를 발생시키는 중급 마법을 사용했나 보다.

도마뱀의 붉은 표피에 서리가 생기더니 붉은 비늘이 순백색으로 물들었다.

아까까지 붕붕 휘둘러대던 꼬리의 움직임이 서서히 느려졌다.

파충류 계열 몬스터는 냉기에 약하다.

그 이유는 밝혀지지 않았지만, 파충류 몬스터에게 빙결 계열 마법을 걸면 움직임이 둔해진다는 것은 마법사들 사이에서 상식이었다.

하지만 도마뱀은 서리에 휩싸여 움직임이 느려진 상태에

서도 계속 다가왔다.

그 모습을 본 융융은 상대의 숨통을 끊기 위해 다른 마법을 영창하려다…… 표피에 서리가 어린 도마뱀의 뒤편에서 다른 도마뱀 두 마리가 더 나타났다는 사실을 눈치챘다.

“호오, 우리에게 이기지 못할 것 같아서 같은 편을 불러둔 건가요. 저와 융융, 춈스케를 포함시키면 숫자 면에서는 대등하지만……. 제가 나설 것도 없을 것 같군요. 융융, 해치우세요.”

“팔자 좋게 드러누워서 무슨 소리를 하는 거야! 도망치자! 한 마리라면 몰라도, 움직이지 못하는 메구밍을 감싸면서 세 마리를 상대하는 건 무리야……!『프리즈 거스트』!『프리즈 거스트』! ……메구밍, 이대로 도망치는 거야! 저렇게 느려졌으니 메구밍을 업고도 뿌리칠 수 있을 거야!”

다른 두 마리에게도 마법을 건 융융은 살금살금 도마뱀들과 거리를 벌리더니 나를 부축했다.

춈스케가 절대 떨어지지 않겠다는 듯이 내 로브를 꽉 움켜잡은 사이, 나를 다시 업은 융융이 도마뱀들에게서 뒤돌아선 후…….

내달리려고 한 순간, 도마뱀이 힘차게 불을 뿜었다!

“아뜨! 뜨거워요, 융융! 뜨겁다고요! 비, 빙결! 빙결 마법을 걸어주세요! 제 등이 타고 있지 않나요?!”

“괘, 괜찮아! 로브 끝자락이 살짝 탔을 뿐이야! 도망치자!”

융융이 나를 업고 뛰기 시작하자, 이대로 있다간 놓치고 말 거라는 사실을 눈치챈 도마뱀이 또 불을 뿜었다.

그 불은 융융에게는 닿지 않았지만 그녀에게 업힌 내 등에……!

"아아아앗! 잠깐, 융융. 등이, 등이!"

"날뛰지 마! 또 넘어질 거라구! 조금만 더 거리를 벌리면 괜찮을 거야!"

융융은 열기 때문에 날뛰기 시작한 나를 고쳐 업더니 뒤도 돌아보지 않으며 말했다.

"유, 융융! 큰일 났어요! 또 몬스터가 나타났다고요! 이번에는 진짜 장난이 아니에요! 도망치죠! 빨리 도망치자고요!"

"알았어! 알았으니까 세게 움켜잡지 마! 달리기 힘들단 말이야! 아아, 정말! 다시는 이런 일에 어울려주지 않을 거야~!"

10

겨우겨우 도마뱀들을 따돌린 우리가 마을로 돌아와 보니, 폭렬마법의 폭발음이 마을에도 전해졌는지 약간 시끌벅적했다.

마을에서 떨어진 곳으로 간 것이었는데 그래도 좀 가까웠던 것 같았다.

"어! 메구밍, 융융, 괜찮아?! 꼴이 정말 말이 아니네. 대체 무슨 일이 있었던 거야?"

자칭 자경단으로서 마을 주위를 경계하고 있던 붓코로리가 그을음 범벅이 된 우리를 보더니 그렇게 물었다.

평소 사복 삼아 입고 있던 학교 교복이 도마뱀 때문에 불타버려서 너덜너덜해졌다.

이제부터 어떻게 하지……. 제대로 된 옷이라고는 이것밖에 없는데…….

"으음, 우리는, 그러니까……."

나를 업은 융융은 적당한 변명이 생각나지 않는지 우물쭈물했다.

그런 융융의 등에서 내린 나는 그녀에게 부축을 받으면서…….

"저희는 숲에서 몬스터를 사냥하며 레벨을 올리다가 요즘 소문이 자자한 그 폭렬마와 마주쳤어요."

""뭐어?!""

붓코로리는 깜짝 놀랐는지 경악했다.

"그런데 왜 융융도 놀라는 거지?"

"아, 아무것도 아니에요!"

붓코로리와 마찬가지로 경악하고 있던 융융은 허둥지둥 고개를 저었다.

"그 폭렬마는 역시 소문에 걸맞은 상대였어요. 마왕군의 간부가 틀림없을 거예요. 저와 융융은 그 폭렬마와 사투를 펼쳤고, 격전 끝에 상대는 도망쳤어요. 그리고 이렇게 저희는 마을로 돌아온 거죠."

"정말?! ……아, 그래서 메구밍은 마력을 다 쓰고 이렇게 축 늘어진 거구나……! 천재라 불릴 정도로 머리가 좋은데다 마력도 뛰어난 메구밍이 이렇게 된 걸 보면 엄청난 상대였을 것 같네!"

"예, 그건……. 악마족이 틀림없어요! 엄청 쭉쭉빵빵에 뿔까지 달린 여자 악마였어요!"

"거, 거짓말을 정말 능청스럽게 하네……!"

나를 부축하던 융융이 귓속말로 그렇게 말했다.

하지만 이 거짓말 덕분에 앞으로 폭렬 소동이 일어나더라도 전부 가공의 존재인 여자 악마의 짓으로 될 것 같았다.

유일한 사복이라 할 수 있는 교복이 엉망이 되었지만, 격전을 벌인 느낌이 물씬 나므로 신빙성 하나는 끝내줬다.

"그래도 두 사람 다 용케 무사히 돌아왔구나. 뒷일은 우리에게 맡기고 너희는 집에 돌아가서 쉬도록 해."

"예. ……아, 숲속에서 서리가 어린 파이어 드레이크와 마주치면 퇴치해주세요. 매우 흉포하니까 그대로 두면 성가신 일이 벌어질지도 몰라요!"

"으, 응, 그렇구나……. 아, 알았어. 발견하면 퇴치할게."

나는 내 교복을 엉망으로 만든 파이어 드레이크에게 보복해달라고 부탁한 후, 붓코로리에게 주의를 줬다.

"하지만 그 폭렬마는 강적이니 절대 방심하지 마세요."

뭐, 그런 상대는 없지만 말이다.

"그래, 알았어. ……그런데 아까부터 우리가 이야기하고 있는 건 폭렬마가 아니라 폭발마잖아? 폭렬마라고 부르니까 마치 상대가 폭렬마법사 같네."

"그, 그게……. 그러니까, 아까 전투 때 상대가 마지막으로 사용한 게 폭렬마법이었거든요……!"

붓코로리는 내 변명을 듣더니 박장대소를 터뜨렸다.

"폭렬마법?! 하하하핫, 그 녀석, 머리가 어떻게 된 거 아냐?! 마왕군 간부가 그런 엉터리 마법을 익힌 거냐고! 뭐, 수명이 없는 거나 마찬가지인 리치나 악마라면 스킬 포인트가 남아돌 테니 장난삼아 폭렬마법을 익히기도 한다고 들었지만……. 그래도 폭렬마법을 익히는 건 완전 바보짓이라고~!"

"마, 맞아요~."

나는 붓코로리의 말에 맞장구를 치면서 입가가 딱딱하게 굳는 것을 필사적으로 참았다. 그리고 옆에서 어깨를 부들부들 떨며 웃음을 참고 있는 융융에게—.

"자, 빨리 가죠, 융융! 집에서 코멧코가 배고파하고 있을 거예요!"

—그렇게 말하면서 서둘러 이 자리를 벗어났다.

"하아, 오늘 정말 피곤했어……. 한동안 폭렬마법은 금지야."

"……그 한동안은 언제까지를 말하는 거죠? 모레까지?"

"모레는 한동안치고 너무 이르잖아!"

"그, 그렇지만, 저는 매일 폭렬마법을 사용하지 않으면 죽는데요……."

"바보 같은 소리를 한마디라도 더하면 목을 확 졸라버릴 거야!"

—융융에게 부축을 받으며 우리 집 현관에 도착한 나는 그런 설교를 들으면서 현관에 걸터앉았다.

마력이 바닥나서 오늘은 더 이상 움직이고 싶지 않았다.

융융은 빨리 돌아가서 쉬고 싶은지 더는 불평을 늘어놓지 않았다.

그 대신, 그녀는 손가락을 꼼지락거리면서 작은 목소리로 말했다.

"그럼 잘 있어, 메구밍. ……저, 저기, 내, 내일도, 그러니까……."

"예, 내일도 같이 아르바이트 하죠. 저 혼자서 채소 수확을 했다간 고생할게 뻔하거든요."

융융은 그 말을 듣더니 환한 표정을 지으며 만족스러운 듯이 고개를 끄덕이고 돌아갔다.

왠지 융융의 장래가 걱정되기 시작했다. 이 정도면 쉬워도 너무 쉬운 거 아냐?

나는 현관에 걸터앉은 채 집 안을 향해 큰 목소리로 말했다.

"코멧코~! 언니가 돌아왔어요~!"

코멧코는 그 말을 듣고 부리나케 뛰어왔다.

"백수 언니, 어서 와! 빨리 밥 먹자!"

"코, 코멧코, 백수라는 말 좀 쓰지 마세요……. 그리고 이 언니는 이제 백수가 아니에요. 오늘도 열심히 일하고 왔다고요. 보다시피 노동을 하느라 지치고 더러워졌으니 좀 씻고 싶어요. 목욕물을 데워주지 않겠어요?"

"알았어!"

코멧코는 기운이 넘쳐흐르는지 목욕물을 데우러 뛰어갔다.

우리 집 욕조는 마력점화식 욕조다.

다른 마을에서는 고급 마도구지만 이 마을에서는 일반 가정의 기본 설비 같은 것이다.

사용하기 위해서는 마력이 필요하지만 여동생은 간단히 사용할 수 있었다.

이 아이는 나보다 더 뛰어난 재능을 가지고 있을지도 모른다.

그런 생각을 하면서 현관 앞 복도에 드러누워 있을 때, 내 어깨에 앉아있던 촘스케가 내 배가 자기 전용석이라는 듯 그곳으로 이동했다.

이 녀석도 요즘 들어 점점 뻔뻔해지고 있는 느낌이 들었다.

……그런 촘스케의 머리를 쓰다듬어주고 있을 때였다.

"밤늦게 실례합니다. 아무도 안 계신가요?"

문밖에서 노크 소리와 함께 여성의 목소리가 들려왔다.
처음 듣는 목소리였다.
"열려 있으니 들어오세요."
문밖을 향해 그렇게 말하자 현관문이 천천히 열렸다.
나는 상체를 일으킨 후, 그 목소리의 주인을 쳐다보았다.
나이는 20대 중반 정도일까?
오랫동안 여행을 한 탓에 모습이 추레한 모험가, 혹은 마법사 같은 복장을 한 붉은 머리카락의 미녀가 문 앞에 서 있었다.
그 여성은 나를 쳐다본 후, 시선을 서서히 아래쪽으로 돌리더니—.

내 배 위에서 몸을 동그랗게 말고 있는 춈스케를 본 순간, 갑자기 무릎을 꿇었다.
머리를 숙인 탓에 흘러내린 머리카락이 그녀의 표정을 가렸다.
머리카락 때문에 지금 어떤 표정을 짓고 있는지는 알 수 없었지만…….
그 여성은 감격에 찬 목소리로 중얼거렸다.

"기나긴 여행 끝에 드디어 만나 뵈옵니다! 위대하신 주인님이시여—!"

막간 극장【서막】

─아쿠아 님, 놓치지 않겠어요!─

물과 온천의 도시, 아르칸레티아.

그 마을 안쪽에 있는 대성당.

아쿠시즈 교도 이외에는 아무도 찾지 않는 이 장소에―.

"오늘은 무슨 일이시죠? 아쿠시즈 교단에 입교하러 오셨나요? 아니면 헌팅인가요? 꽤 미남이니 식사 정도라면 해줄 수도 있어요. 하지만 값싼 여자라고 생각하지는 마세요. 식사만 같이 할 거라고요."

"아, 헌팅하러 온 게 아니에요. 아쿠시즈 교단에 온 건 회복 마법을 쓸 수 있는 동료를 구하기 위해서입니다. 저와 함께 마왕을 쓰러뜨릴 동료를 말이죠."

그런 특이한 소리를 하는 소년이 나타났다.

"헌팅 방식이 참신하군요. 이 근처에 괜찮은 카페가 있으니 거기서 자세한 이야기를 들어볼까요. 아, 저는 아쿠시즈 교단의 미인 프리스트, 세실리라고 해요."

"저, 저기, 세실리 씨? 그러니까 헌팅이 아니라……."

바로 그때, 나는 잘생긴 소년이 허리에 뭔가를 차고 있다는 사실을 눈치챘다.

"어머, 당신이 허리에 차고 있는 건 마검인가요? ……마검을 가지고 있는 걸 보니, 혹시 솜씨 좋은 모험가인가요? 아니면 부자? ……이 언니가 좋아하는 건 우뭇가사리 슬라임이란다. 말랑말랑하면서도 탱글탱글한 감촉을 지닌 맛있는 거야."

"아, 아니, 저기……. 저는 동료를 구하러……."

"참고로 좋아하는 타입은 어린 미소년이야. 아, 미소녀도 좋아하기는 해. 그리고 너는 미소년인데다 마검까지 가지고 있는 실력파 모험가니까 가산점을 많이 줘야겠네."

"……죄, 죄송하지만, 아무래도, 제가 잘못 찾아온……?! 세, 세실리 씨?! 놔, 놔주지 않겠어요?!"

어째선지 나한테서 도망치려 하는 그 소년은…….

"편하게 세실리 누나라고 불러도 돼!"

"죄송하지만, 오늘은 이만 가보겠……. 세, 세실리 씨, 놔 주세요! 저기, 우뭇가사리 슬라임을 살 돈이라면 드릴게요!"

……질린 표정을 짓더니 그렇게 말하면서 자신의 망토를 쥔 내 손을 떼어내려 했다.

"마검을 지닌 미남 모험가를 쉽게 놔줄 수야 없지! 그저께 우뭇가사리 슬라임 가루를 잔뜩 사서 돈이 없어! 어쩔 수 없잖아! 기간한정 성게 풍미 포도 맛을 팔고 있었단 말이야! 그래서 매일같이 우뭇가사리 슬라임만 먹고 있어! 내가 좋아하는 거긴 하지만 질렸다구! 슬슬 씹는 맛이 있는 음식을 먹고 싶단 말이야! 교단의 프리스트가 되면 매달 급료를 받을 수 있는 대신, 교회에서 식사를 제공해주지 않는다구!"

"알았어요! 알았으니까 벨트 좀 잡아당기지 마세요! 벗겨져요! 바지가 벗겨진……!"

당황한 소년은 밖으로 도망치지 못하게 바지를 벗기려 드는 내 손을 움켜잡았다.

하지만 그는 그대로 도망치지도, 떨쳐내지도, 그리고 격렬하게 저항하지도 않았다.

"후훗, 입으로는 그런 소리를 하지만 몸은 꽤 정직한 것 같네! 저항을 안 하잖아!"

"호, 홍마의 마을에 사는 용하다는 점술사에게서 『당신이 곧 만나게 될 아쿠시즈교의 프리스트는 이윽고 이 세상의 운명을 좌우할지도 모르는 존재가 됩니다. 그러니 무슨 일이 있어도 당신이 그 사람을 지키세요』 같은 소리만 듣지 않았어도 억지로 도망쳤을 거라고요!"

"……홍마의 마을에 사는 점술사가 그런 소리를 했어? 곧 만나게 될 미인 프리스트가 너의 소중한 존재가 된다구? 무슨 일이 있어도 그 사람을 지키라고 했단 말이야?"

"아, 아뇨. 몇몇 부분이 좀 다른데……. 미인 프리스트라든가, 저의 소중한 존재라든가, 같은 말은……."

나는 양손으로 그 소년의 손을 움켜잡았다.

놓칠 수 없다.

절대 놓칠 수 없다.

“저, 저기, 세실리 씨, 제 말 듣고 있나요? 애초에 곧 만나게 될 아쿠시즈교의 프리스트라는 말만으로, 그게 당신일 거라고 단정할 수는 없…….”

“아앗, 아쿠아 님! 돈이 다 떨어져 힘들어 하고 있는 저에게, 돈이 많아 보이는 미소년을 보내주셨군요! 저, 저, 행복해질게요! 이 미소년에게 마구 어리광을 부리며 평생 호강하며 살겠어요!”

그 말을 듣자마자 내 손을 떨쳐내고 도망치는 소년을, 나는 전력을 다해 뒤쫓았다.

—아쿠아 님. 저, 놓치지 않겠어요!

제2장
빨간 머리의 내 하인(서번트)

1

머리를 조아린 그 사람은 고개를 들지 않은 채 어깨만 부르르 떨고 있었다.

이 사람은 방금 나를 향해 『위대하신 나의 주인님』이라고 말했다.

대체 무슨 소리를 하는 걸까.

하지만 이렇게 감격하고 있는 상대에게 「누구세요?」라고 묻는 것도 좀 그랬다.

게다가 솔직히 말해 그런 말을 들으니 기분이 좋았다. 그래서 일단 말을 맞춰주기로 했다.

"드디어 마중하러 온 건가요……."

내가 낮은 목소리로 그렇게 중얼거리자 그 여성은 고개를 들었다.

날카로운 인상의 아름다운 얼굴이 눈에 들어왔다.

붉은 머리카락 사이로 고양잇과 맹수를 연상케 하는 노란색 눈동자가 보였다.

나를 쳐다보며 영문을 모르겠다는 표정을 짓던 그 사람은 고개를 잠시 갸웃거린 후 입을 열었다.

"……주인님의 봉인이 풀렸다는 사실을 알고 서둘러 이곳에 왔습니다. 봉인이 풀린 지 얼마 되지 않아 아직 기억이 돌아오지 않은 듯 합니다만……. 주인님의 충신인 이 아네스, 이렇게 대령했습니다. 이제부터는 주인님의 손과 발이 되어 목숨을 다해 지켜드리겠습니다."

자신의 이름이 아네스라고 밝힌 그 사람은 그렇게 말하면서 고개를 더욱 깊이 숙였다.

—내 봉인이 풀렸다.

무슨 소리를 하는 건지 모르겠지만, 이 충신의 말에 따르면 봉인이 풀린 지 얼마 되지 않았기 때문에 기억이 나지 않는 것 같았다.

나는 대체 뭘까.

아니, 어렴풋이 느끼고 있었다.

내가 다른 이들과 다르다는 사실을 말이다.

평범한 사람과는 비교도 되지 않을 만큼 많은 마력.

고고한 천재라고 불릴 정도로 뛰어난 두뇌.

……지금 이 순간, 모든 의문이 풀렸다.

아네스라는 이름을 지닌 이 충실한 부하는 딱 봐도 범상치 않았다.

뭔가를 감추려고 깊이 눌러쓴 후드.

그 아래로 보이는 안광과 행동거지는 그녀가 상당한 실력자라는 사실을 알려주고 있었다.

"……여기까지 오느라 고생이 많았나 보군요. 앞으로 잘 부탁해요, 아네스."

"예, 누구인지는 모르겠지만 주인님은 이제부터 제가 맡겠습니다."

………….

"제가, 봉인되어 있었던 당신의 주인이 아닌가요?"

"아, 아니에요. 당신은 누군가에게 봉인당할 이유라도 있나요?"

물론 그런 건 없지만…….

"그럼 당신이 마중하러 온 건……."

"당신의 배 위에서 몸을 동그랗게 만 채 자고 있는 분인데요."

……뭐야.

"이 털북숭이와는 반 년 넘게 같이 지내면서 정도 많이 들었어요. 이제 와서 모르는 사람이 나타나 그딴 소리를 해봤자 곤란하다고요."

"위대한 주인님을 털북숭이라고 부르면서 정이 들었다고 말해봤자 신빙성이 느껴지지 않는데요……. 제 주인님을 지금까지 보호해주신 건 감사합니다. 하지만 이럴 때는 제 주인님의 의지를 존중해야하지 않을까요?"

아네스는 딱딱하게 굳은 표정으로 그렇게 말했다.

내 배위에서 자고 있던 촘스케는 크게 하품을 하면서 아네스를 힐끔 쳐다본 후—.

"……돌아가고 싶지 않나 보네요."

"아앗?! 월버그 님?!"

휙 고개를 돌리더니 내 배 위에서 또 졸기 시작했다.

나는 이 상황에서도 자려고 하는 이 뻔뻔한 털북숭이의 목을 쓰다듬으면서 말했다.

"이 애가 여기 있고 싶어 하니 어쩔 수 없군요. 이 털북숭이는 제가 잘 기를 테니 안심하세요."

"자, 잠깐만요! 저기, 월버그 님?! 월버그 님! 저예요, 아네스예요! 자, 저와 같이 돌아가시죠?"

당황한 아네스는 어린애를 어르는 듯한 어조로 그렇게 말했지만, 촘스케는 내가 턱밑을 만져줘서 기분이 좋아졌는지 울음소리를 내면서 몸을 동그랗게 말았다.

"보다시피 이 애는 이곳에서의 생활에 만족한 것 같아요. 자, 돌아가 주세요."

"자, 잠깐만요! 다, 당신도 월버그 님께서 돌아가실 마음이 생기도록 설득해 주세요! 모습은 저러셔도 사람 말은 다소 알아들을 수 있어요!"

아네스가 계속 물고 늘어지자 나는 딱 잘라 말했다.

"이 애의 이름은 촘스케예요. 그리고 사람 말을 이해할 리가 없잖아요. 이 애는 평범한 고양이라고요."

"쵸, 촘스케? 촘스케?! 설마 그게 월버그 님의 성함인가요?!"

아네스는 눈을 치켜뜨면서 언성을 높였다.

설마는 무슨…….

"좋은 이름이죠?"

"그런 이름 말고, 월버그 님이라고 불러주세요! 아아……. 월버그 님께서 그런 이상한 걸 자신의 이름이라고 철썩 같이 믿고 계시다니……. 어떻게 하지. 대체 어떻게 고치지……."

주인님이 촘스케라고 불릴 때마다 반응을 보이자 아네스는 울상을 지었다.

그건 그렇고 이상한 이름이라니, 너무하잖아.

그 뭐시기라는 이름보다는 낫다고 생각한다.

"이 애는 올버그라는 이름을 지닌 당신의 주인이 아니라, 제 소중한 촘스케예요. 본인도 이곳에 있는 걸 원하고 있으니 돌아가 주세요."

"올버그가 아니라 월버그 님이에요. ……그건 그렇고, 난처하게 됐네요. 넘겨주실 수는 없을까요? 물론 그냥 넘겨달라는 건 아니에요. 월버그 님을 지금까지 보호해주신 것에 대한 답례를 겸해……."

아네스는 그렇게 말하면서 품속을 뒤졌다.

바보 취급을 당하는 느낌이 들었다.

촘스케는 소중한 가족이다.

그런 애를 돈을 받고 넘겨줄 수는……!

"으음, 지금은 30만 에리스밖에 없지만 ……."

"아뇨아뇨. 그걸로 충분해요. 자, 춈스케. 이 사람이 너의 새로운 보호자예요. 잘 살아요."

나는 춈스케를 안아든 후, 아네스에게 내밀었다.

그러자 춈스케는 내 옷에 손톱을 박아 넣으면서 버텼다.

떨어지지 않기 위해 격렬하게 저항하는 춈스케를 어떻게든 떼어내려고—.

"저, 저기……. 월버그 님이 꽤 싫어하시는 것 같고, 작별 인사도 해야 할 테니 내일 다시 찾아오죠. 그러니 오늘 밤은 월버그 님과 함께 보내도록 하세요."

우리를 본 아네스가 그런 제안을 했다.

그리고 묵직한 자루를 나에게 건네줬다.

안에는 에리스 은화가 잔뜩 들어있었다.

그것을 보고 딱딱하게 굳은 나를 향해 아네스는 고개를 꾸벅 숙이더니…….

"그럼 내일 월버그 님을 모시러 올 테니, 잘 부탁드립니다."

그렇게 말하고 돌아갔다.

2

아네스가 돌아간 후—.

"코멧코, 이 털북숭이와는 내일 헤어지게 됐어요. 그러니 지금 작별 인사를 해두세요."

나는 저녁을 먹으면서 코멧코에게 말했다.

입안에 음식을 가득 집어넣은 탓에 다람쥐처럼 볼이 부푼 코멧코가 내 말을 듣더니 깜짝 놀란 표정을 지었다.

코멧코는 잠시 동안 우물우물하면서 입안의 음식을 삼킨 후, 생선뼈를 밥상 위에서 씹어 먹고 있는 촘스케를 향해 합장했다.

"……잘 가, 촘스케. 내일 아침밥은 꼭꼭 씹으면서 남기지 않고 다 먹을게."

"아니에요! 그게 아니라고요, 코멧코! 안 먹어요! 내일 아침밥으로 삼는다는 말이 아니라고요!"

내 동생이지만 정말 무시무시하다.

반 년 정도 같이 살았던 촘스케를 내일 아침밥으로 삼는다는 것에 한 치의 주저도 없을 줄이야…….

코멧코는 내 말을 듣더니 고개를 갸웃거리면서 말했다.

"그럼 어쩌는데? 이렇게 토실토실해졌는데 놔줄 거야?"

"비싼 값에 팔 거예요."

"역시 언니! 대단해! 먹을 걸 잔뜩 살 수 있겠네!"

내가 할 말은 아니지만 이 애는 인정머리라는 게 눈곱만큼도 없는 것 같다.

혹시 나를 닮은 걸까.

진심으로 기뻐하는 코멧코를 보고 약간 질린 기분을 맛보면서도—.

“그러면 촘과 놀 수 있는 것도 오늘이 마지막이네. 촘, 이리 와봐.”

요즘 들어 냄비에 들어가는 일은 없어져서 코멧코를 따르게 된 촘스케는 그녀에게 다가갔다.

따르게 됐다기보다는 그저 복종하는 것뿐일지도 모르지만…….

“……꼴깍.”

“……?!”

방금 저녁을 먹었으면서도 코멧코가 군침을 삼키자 안겨 있던 촘스케는 몸을 부르르 떨었다.

귀를 잡아당기거나 꼬리를 잡아당기는 등 평범한 고양이였으면 날뛰고도 남았을 짓을 당하면서도, 촘스케는 저항하기는커녕 그냥 가만히 있었다.

고양이답지 않게 해탈이라도 한 것처럼 체념한 촘스케를 쳐다보면서 나는 이대로 괜찮을까 하고 약간 고민했다.

30만 에리스가 생기면 아르칸레티아로 텔레포트 할 수 있다.

즉, 아르바이트를 하지 않아도 여행을 떠날 수 있는 것이다.

하지만 이러쿵저러쿵 해도 이 정체불명의 털북숭이에게 정이 들었다.

그러나 이대로 집에 놔두면 내가 여행을 떠난 후, 코멧코에게 잡아먹힐 우려가 있다.

그렇다고 이 조그마한 털북숭이를 데리고 여행을 떠나는 것도 좀 그랬다. 몬스터에게 잡아먹힐 수도 있기 때문이다.

한 때는 사역마로 삼을까도 했지만 꽤 정이 들어서 그런지, 지금은 이 녀석의 안부가 걱정되었다.

그런 점들을 여러모로 고려해볼 때 아네스에게 넘기는 게 가장 나을 것이다.

…….

아네스의 정체라든가, 이 털북숭이의 정체가 궁금하지 않은 것은 아니다.

어쩌면 엄청난 일에 휘말린 걸지도 모르지만…….

"언니, 고양이는 꼬리가 잘리면 새로 자라나?"

"도마뱀이 아니니까 안 자라요. ……그리고 내일 헤어져야 하니 꼬리를 먹으려고 하지 말아 줄래요?"

……내 여동생이야말로 정체가 뭘까?

―다음 날.

나는 작별 선물 삼아서 춈스케에게 생선 한 마리를 통째로 줬다.

춈스케는 코가 닿을 정도로 얼굴을 쑥 내민 상태에서, 생선을 뚫어져라 쳐다보는 코멧코를 보고 움찔움찔하면서도 생선을 먹었다.

아침 식사를 끝낸 내가 춈스케를 무릎 위에 올려놓은 채 아네스를 기다리고 있을 때, 누군가가 현관문을 두드렸다.

그 소리를 들은 순간, 춈스케를 안고 있는 손에 힘이 들어갔다.

춈스케가 괴로운지 작게 울음소리를 내고 있는 가운데, 나는 이게 최선이라고 되뇌었다.

"……이제 작별해야겠군요. 당신은 예의 그 이상한 이름이 아니라 춈스케예요. 기왕 멋진 이름을 붙여줬으니 잊지 말아 주세요."

"야옹~."

내 품에 안긴 춈스케가 마치 방금 말을 알아들은 것처럼 작게 울음소리를 냈다.

그래, 잘 된 거다.

모험가 생활을 하면서 고양이를 기를 수도 없고 집에 놔둬도 걱정될 것이다.

맡아줄 사람을 찾을 바에는 차라리 아네스에게 맡기는 편이 나으리라.

그녀라면 분명 춈스케를 소중히 여겨줄 것이다.

"……만약 기억이 돌아오더라도 제 여동생에게 복수를 하러 오지는 마세요."

"야옹~."

내가 춈스케와 코가 닿을 정도로 얼굴을 가까이하자 이 고양이는 흥흥 하고 콧소리를 냈다.

정말 뻰뻰한 표정을 짓고 있었다.

요즘 들어서는 누구를 닮기라도 한 것처럼 웬만한 일로는 꿈쩍도 하지 않게 되었다.

이 고양이는 어쩌면 거물일지도 모른다.

또 노크 소리가 들렸다. 나는 문밖을 향해 들어오세요 하고 말했다.

……잘 가요.

찰칵 하고 문이 열리는 소리를 들으면서…….

"이 애는 어둡고 좁은 장소를 좋아해요. 잘 먹는 건 생선 껍질이죠. 부탁이니까 소중히 길러 주세요."

나는 촘스케를 내밀었다—.

문 앞에 서 있는 융융을 향해서 말이다.

"어? 왜, 왜 내가 촘스케를 소중히 길러야 하는…… 아, 아얏?! 메, 메구밍, 뭐하는 거야! 왜 내가 두들겨 맞아야 하는 건데?! 그만해!"

나는 진지한 작별 씬을 엉망진창으로 만든 융융에게 무심코 화풀이를 했다.

"남이 모처럼 감동적인 작별을 하고 있었는데, 그걸 엉망으로 만들면 어쩌냐고요! 대체 이런 꼭두새벽부터 무슨 일이죠?!"

"적반하장도 유분수지, 대체 무슨 소리를 하는 거야?! 네가 오늘도 같이 아르바이트를 하자고 해서 이렇게 온 거란 말이야!"

눈가에 눈물이 맺힌 융융은 영문을 모르겠다는 표정을 지으며 그렇게 말했다.

그러고 보니 어제 그런 이야기를 했던 것을 까맣게 잊고 있었다.

나는 융융에게 아네스에게 받은 은화 자루를 보여줬다.

"이걸 보세요. 실은 어젯밤에 운 좋게도 30만 에리스가 굴러들어와아앗?!"

바로 그 순간, 융융에게 따귀를 맞고 말았다.

"메구밍, 결국 범죄를 저지르고 말았구나! 아무리 가난해도 범죄만큼은 저지르지 않을 거라고 생각했는데! 바보! 왜 그런 짓을 벌이기 전에 나와 의논하지 않은 거야?!"

어, 잠깐만?!

"무, 무슨 소리를 하는 거죠?! 범죄 같은 건 저지르지 않았어요! 이 돈은 서로가 납득하는 거래를 통해……!"

볼이 너무 아파서 눈물까지 났다.

나는 융융에게 맞은 볼을 움켜잡으면서 설명을 했지만…….

"거래? 거래라구?! 돈이 될 만한 건 하나도 없는 메구밍이, 하룻밤 만에 30만이나 되는 거금을 벌 수 있는 거래를……. 잠깐, 아아아아아앗?!"

뭔가 짐작 가는 데가 있는 건지 융융은 갑자기 고함을 질렀다.

"왜, 왜 그러죠? 아까부터 도대체 뭘 하…… 느으으읏?!"

"바보! 결국 몸을 판 거지?! 내가 자기 몸을 소중히 여기라고 그렇게 말했는데! 누구야?! 이런 바보 같은 거래에 응한 사람이 대체 누구냐구! 자, 말해봐! 절대 가만 안 둘 거야!"

"우읍?! 자, 잠깐?! ……아아아아아아~!"

"꺄악?! 아야야야야야~!"

찰싹찰싹 소리가 나게 몇 번이나 따귀를 얻어맞은 나는 결국 융융에게 달려들고 말았다.

3

"정말, 적당히 좀 해요! 몸 같은 걸 함부로 팔 리가 없잖아요! 내가 왜 조금 상냥하게 대해주면 남자를 휙휙 따라갈 것 같은 융융에게 그딴 소리를 들어야 하는 거죠?! 이 돈은 합법적으로, 그리고 모두가 행복해질 수 있는 방법으로 손에 넣은 거예요!"

"사, 상냥하게 대해준다고 따라갈 리가 없잖아! 그리고 잘못했어! 하지만 내가 이런 착각을 한 건 어제 메구밍이 몸이라도 확 팔아버릴까 같은 소리를 해서……!"

잠시 동안 몸싸움을 벌인 후, 몸 곳곳에 할퀸 자국이 난 융융과 나는 현관에 주저앉았다.

"애초에 항상 가난에 허덕이던 메구밍이 하룻밤 만에 이런 거금을 벌었다는 것 자체가 이상하잖아! 범죄라도 저지르지 않는 이상 이런 거금을 벌 수 있을 리가 없다구!"

현관 바닥에 앉은 융융은 지쳤는지 두 다리를 아무렇게나 쭉 뻗었다.

처음 만났을 때는 융융을 피했던 쵸스케도, 이제는 꽤 따르게 됐는지 그녀의 무릎 위에 태연하게 올라갔다.

나 또한 융융과 마찬가지로 현관 바닥에 주저앉은 채 말했다.

"실은 어젯밤에 이 털북숭이를 데려가고 싶다는 분이 나타났어요. 그래서 이 애를 넘겨주는 대가로 30만 에리스를 받기로 했죠."

"뭐어?!"

내가 별생각 없이 그렇게 말하자 융융은 새된 목소리를 냈다.

몸을 일으킨 융융은 자신의 무릎 위에 있는 쵸스케를 지키려는 듯이 꼭 끌어안으면서 말했다.

"이 애를 팔았다는 거야?! 지금까지 소중히 길러온 이 애를?! 아니, 그것보다 이 애는……!"

"평범한 고양이에요. 예, 특별한 구석이라고는 전혀 없는 평범한 고양이죠."

춈스케의 정체에 의문을 품고 있는 듯한 융융은 뭔가 할 말이 있는 표정을 지으면서 결국 아무 말도 하지 않았다.

"그리고 이게 최선이에요. 저는 모험가가 되어 여행을 떠날 거예요. 그리고 만약 이 애를 데리고 모험을 떠나면 전투에 휘말릴 테고, 이렇게 몸집이 작으니 몬스터가 제일 먼저 노리겠죠."

"으으……. 하, 하지만……."

융융이 춈스케를 안아든 채 호소하는 눈길로 나를 쳐다보았다.

그런 융융에게 나는 말했다.

"그리고 생각해보세요. 이 애를 집에 두고 간다면 코멧코와 춈스케는 단 둘이서 지내는 거나 다름없죠. 저기……. 이런 말을 하는 건 좀 그렇지만……. 제 여동생에게 잡아먹히지 않을 거라는 보장이 없어서……."

"그 부분에 대해서는 제대로 교육시키라구! 언니잖아! 춈스케만이 아니라 코멧코의 장래도 걱정되기 시작했어!"

얼추 납득을 한 융융은 춈스케를 끌어안은 채—.

"그 사람이 춈스케를 소중히 여겨줄 것 같다면, 차라리 그 편이 나을지도 모르겠네……."

—하고 중얼거린 바로 그 순간이었다.

"촘스케가 아니에요. 월버그 님이에요."

활짝 열린 현관 앞에는 언제부터인가 아네스가 서 있었다.

아네스는 마법사가 걸치는 후드를 깊이 눌러쓰고 있었다. 그녀의 붉은 머리카락 사이로 보이는 노란색 눈동자를 융융을 미심쩍다는 듯이 쳐다보고 있었다.

바닥에 벌러덩 누워있던 나는 몸을 일으키면서 말했다.

"아, 왔군요. 융융, 이 사람이 바로 촘스케의 양부모예요."

"……촘스케가 아니에요. 월버그 님이에요. 그리고 양부모가 아니에요. ……제 주인님께서 매우 따르는 이 분은 누구시죠?"

융융은 아네스의 시선을 받더니 경계하며 촘스케를 꼭 끌어안았다.

그 모습을 본 아네스는 입술 가장자리를 딱딱하게 굳혔다.

"메구밍과 함께 이 애를 보호한 사람이에요. 당신은 무슨 목적으로 이 애를 원하는 거죠? 그리고 주인님이라는 건 무슨 소리인가요?"

"……월버그 님을 보호해주셔서 감사합니다. 하지만 더 이상 이 일에 관여하지 않는 편이 좋을 거예요. 자, 월버그 님. 가실까요?"

나를 전혀 경계하지 않았던 아네스가 융융에게는 꽤 날선 태도를 취하고 있었다.

원래 기가 센 편이 아닌 융융은 그녀에게 압도당했는지

부르르 떨었다.

"자, 넘겨주시죠."

말투는 온화하지만 거부를 용납하지 않는 분위기를 띤 아네스에게, 융융은 머뭇거리면서 촘스케를 내밀었다.

아네스는 촘스케를 받더니 방긋 웃으면서 말했다.

"고마워요. 윌버그 님은 제가 성심성의를 다해 보호할 테니 안심…… 앗?! 윌버그 님? 아야야야야, 워, 윌버그 님, 그, 그만하세요!"

아네스에게 안긴 촘스케가 갑자기 버둥거리더니 그녀의 품에서 빠져나왔다.

아네스는 촘스케의 손톱에 긁힌 것보다 거절당했다는 사실에 더 큰 충격을 받은 것 같았다.

땅으로 내려온 촘스케는 다시 융융의 곁으로 향했다.

"으음, 이유는 모르겠지만 엄청 싫어하는 것 같군요. 하지만 그렇다고 이제 와서 돈을 돌려드리는 것도……."

"그딴 건 빨리 돌려주라구, 메구밍! 돈이라면 또 아르바이트를 해서 벌면 되잖아! 그것보다 이 애가 이렇게 싫어하니까……."

돈을 돌려주기 싫어하는 나를 향해 융융이 무슨 말을 하려한 바로 그 순간이었다.

"……이렇게 싫어하니까, 뭘 어쩌겠다는 거죠? 윌버그 님은 아직 기억이 돌아오지 않아서 경계하고 계신 거예요. 저와 함께 가면 머지않아 기억을 되찾으시겠죠. 자, 이쪽으로 오세요……."

아네스는 그렇게 말하면서 촘스케를 잡기 위해 몸을 굽혔고…….

그러다 후드가 벗겨지는 바람에 아네스의 머리가 훤히 드러났다.

—붉은 머리카락 사이로 삐죽 튀어나온 뿔 두 개와 함께 말이다.

4

주위의 분위기가 순식간에 변했다.

"아아……."

방금까지 꼬박꼬박 존댓말을 쓰던 아네스가…….

"어떻게 하지. ……너희들, 입은 무거운 편이야?"

……반말로 그렇게 말하자 나와 융융은 아무 말 없이 허둥지둥 고개를 끄덕였다.

—악마족.

인간의 감정을 영양분으로 삼는 종족으로 그렘린이라는 이름의 졸개부터, 서큐버스라고 불리며 남성들에게 엄청 인기 좋은 녀석도 있었다.

악마족도 종류가 다양하지만 상위계급의 악마는 하나같

이 흉악할 정도로 강하다고 한다.

눈앞에 있는 아네스는 상위계급의 악마 같아 보였다. 그런 그녀를 퇴치하려면 상급 마법을 쓸 수 있는 여러 명의 마법사가 힘을 합쳐야 할 것이다.

그리고, 우리는 상급 마법을 쓸 수 없었다.

융융이 쓸 수 있는 것은 중급 마법뿐이다.

그리고 이렇게 가까운 거리에서는 나도 폭렬마법을 쓸 수 없으며, 폭렬마법의 장황한 주문을 영창하다 당하고 말 것이다.

“왜, 왜 이런 곳에 상위 악마가…….”

융융이 그렇게 중얼거리자 아네스는 후드를 다시 쓰면서 빙긋 웃었다.

“더는 캐묻지 않는 편이 좋을걸? 자, 빨리 월버그 님을 내놔. 그리고 내 정체를 비밀로 해준다면 너희는 살려줄게.”

나는 딱딱하게 굳어있는 융융에게 들러붙은 채, 이런 분위기 속에서도 느긋한 울음소리를 내고 있는 마이페이스한 털북숭이를 안아들었다.

악마까지 이 애를 노리고 있다. 내가 이 애를 보호하려고 했다간 앞으로 골치 아픈 일에 휘말릴지도 모른다.

그러니 이러는 편이 낫다.

나와 함께 여행을 하는 것보다도, 우리 집에서 코멧코와 함께 사는 것보다도…….

춈스케에게 있어서는 이것이 최선인 것이다.

"……왜 그러죠? 자, 빨리 넘겨주세요."

하지만 손이 움직이지 않았다.

이 골칫덩어리 털북숭이를 넘겨주고 싶지 않았다.

꼼짝도 하지 않는 나를 보고 짜증이 났는지 아네스가 손을 내밀…….

"『파이어볼』!!!!"

느닷없이…….

너무나도 느닷없이, 현관에 주저앉아 있던 융융이 전력을 다해 파이어볼을 날렸다.

이렇게 가까운 거리에서 파이어볼이 터진다면 우리도 무사하지는 못할 것이다.

하지만 그 파이어볼은 경고 삼아 날린 것인지 아네스의 머리 위를 스치듯 지나간 후, 맑은 아침 하늘에 화려한 폭발을 일으켰다.

"……뭐하는 거야? 내가 살려주겠다는데도 굳이 죽고 싶은 거야? 일단은 너희가 월버그 님을 보호해준 것 같으니 해는 끼칠 생각은 없거든?"

노란 눈동자를 가늘게 뜬 아네스는 현관 바닥에 주저앉아 있는 융융을 쳐다보았다.

융융은 두려움에 떨면서도 몸을 일으키더니 허리에 찬 단검을 움켜쥐었다. 아무래도 싸울 생각인 것 같았다.

큰일 났다. 우리는 아마 이 악마에게 순식간에 당하고 말 것이다.

아네스는 내심 당황한 나에게 최후의 경고를 하듯 이렇게 말했다.

"마지막으로 한 번만 더 말하겠어. 월버그 님을 내놔. 만약 쓸데없는 행동을 취한다면 이 자리에서 너희 둘 다 갈기갈기 찢어버리겠어."

나는 아네스의 날카로운 안광에 압도당했다.

하지만 내 옆에 서 있던 융융은 단검을 뽑아들었다.

이 애는 누군가를 지키기 위해서라면 무모해질 때가 있다.

내가 사신의 부하들에게 쫓길 때도 그랬다.

지금은 내가 들고 있는 이 털북숭이를 지키기 위해 용기를 쥐어짜내고 있는 것이리라.

평소에는 남한테 말도 잘 걸지 못하는 얼간이면서, 꼭 이럴 때만…….

"이 털북숭이를 원하나요. 그럼 드리죠. 소중한 폴버그 님을 놓치지 말라고요."

"털북숭이라고 하지 마! 폴버그 님이라고도 하지 마!! 이 분은…… 어."

성실하게도 나의 말 한마디 한마디에 반응해주고 있는 아네스에게, 나는 촘스케를 던졌다.

촘스케는 포물선을 그리면서 아네스의 옆을 지나더니 그

대로 현관 밖으로……!

"월버그 니이이이임!"

지면에 떨어지기 직전, 아네스는 필사적인 표정을 지으며 슬라이딩을 해서 촘스케를 받았다.

그 탓에 또 후드가 벗겨졌다.

아네스는 거친 숨을 내쉬면서 몸을 일으키더니 나를 노려보았다.

"이 녀석이! 감히……!"

그리고 나를 향해 고함을 지르려고 한 바로 그 순간이었다.

한 줄기 섬광이 반쯤 몸을 일으킨 아네스의 볼을 스치고 지나갔다.

집밖에서 날아온 그 섬광은 순식간에 우리 집을 관통하더니 그대로 벽에 구멍을 냈다.

"우, 우리 집 벽이! 사신의 부하가 박살냈던 곳을 겨우겨우 수리했는데!"

내가 비통한 목소리로 그렇게 외치는 가운데, 볼이 찢어진 아네스는 피를 흘리면서 천천히 뒤쪽을 돌아보았다.

"폭발을 보고 무슨 일인가 싶어 와봤더니……. 악마가 무슨 일로 홍마의 마을에 온 거지?"

"들고 있는 건 메구밍네 고양이군. 뭐야, 너 혹시 고양이

도둑이냐?"

아네스의 뒤편에는 홍마족 몇 명이 서 있었다.

그 안에는 이웃집 백수, 붓코로리도 있었다.

아네스는 노란 눈동자를 가늘게 뜨더니 사냥감에게 달려드는 짐승 같은 눈빛을 머금었다.

"……방금, 나한테 마법을 날린 건 누구지?"

아네스는 깊은 분노가 담긴 차분한 목소리로 말했다.

하지만 홍마족들은 전혀 개의치 않았다.

……아아, 그래.

저들이 대(對)마왕군 유격부대이리라.

이 마을의 백수들이 모여서 멋대로 순찰을 돌고 있는 자경단 같은 집단인 것이다.

방금 아네스에게 마법을 날린 걸로 보이는 붓코로리는 퉁명스러운 목소리로 말했다.

"방금 그 마법은 내가 날린 건데, 왜 그런 걸 묻는 거지? ……그것보다 네가 요즘 마을을 떠들썩하게 만들고 있는 폭렬마지? 메구밍이 말했던 특징과 일치하네. 쭉쭉빵빵에 뿔까지 달린 여자랬거든."

"어?"

아네스는 붓코로리의 그 말을 듣고 기세가 꺾였는지 당황한 목소리를 냈다.

……내가 말했던 특징?

아, 그러고 보니 그런 소리를 한 게 생각났다.

그때는 자신이 날린 폭렬마법을 얼버무리기 위해 대충 둘러댄 거였는데…….

"그러고 보니 메구밍이 사투 끝에 놓쳤다고 했었지. ……오호라~, 보아하니 메구밍에게 복수를 하러 온 것 같은걸."

"……아하~, 그걸로 모자라 메구밍네 고양이를 인질로 삼고 있는 거구나. 이 녀석, 정말 약아빠진 악마네……."

"어?"

말도 안 되는 오해를 산 아네스는 또 당황하는 목소리를 냈다.

아네스는 춈스케를 안은 채 엉거주춤한 자세로 딱딱하게 굳어 있었다.

그녀는 상위 악마가 틀림없었다.

악마족은 상위일수록 높은 지능을 지녔다고 들었다.

그리고 그런 아네스를 쓰러뜨리기 위해서는 상급 마법사를 잔뜩 모아야만 하리라.

"네가 요즘 들어 밤이면 밤마다 마법을 날려댄 범인이지? 덕분에 우리는 그때마다 이 잡듯이 마을 주변을 수색해야 했어."

"어. ……어?"

누명을 뒤집어쓰고 당황한 아네스가 주위를 둘러보니, 소동이 벌어졌다는 사실을 안 홍마족들이 어느새 주위에 잔뜩 모여 있었다.

그렇다. 원래 아네스 정도의 악마를 쓰러뜨리기 위해서는 솜씨 좋은 마법사들을 모아야만 한다.

하지만—.

"야, 인마. 여기가 어딘 줄 알기는 하는 거냐?"

"네가 뭐하는 놈인지는 모르겠지만 배짱 한 번 좋네……. 마왕군 간부조차도 이 마을에는 혼자 쳐들어오지 않는다고. ……자, 일단 메구밍네 고양이부터 놔줘."

아네스는 여전히 상황파악을 하지 못했는지 오들오들 떨면서도 시키는 대로 춈스케를 놔줬다.

무슨 일이 일어난 것인지는 모르지만, 이대로 안고 있다간 소중한 주인님이 위험할 거라는 사실은 이해한 것이리라.

해방된 춈스케는 내 발치로 걸어오더니 그대로 바닥에 드러누웠다.

그 모습을 본 아네스는 춈스케를 향해 손을 뻗으며 말했다.

"저, 저기……."

"이곳은 마왕군조차 얼씬도 못하는 홍마의 마을."

아네스를 말을 이으려 했지만 그 목소리에 막히고 말았다.

그렇다. 이곳은 상급 마법을 간단히 사용하는 홍마족들이 모여 사는 홍마의 마을이다.

"악마 주제에 이 마을에 넙죽넙죽 쳐들어오다니 말이야. 그 정도로 자기 실력에 자신이 있는 건지, 아니면 바보인 건지 모르겠네…….”

누군가가 그렇게 중얼거리자 아네스는 진땀을 흘리면서 당황할 대로 당황하고 말았다.

여전히 엉거주춤한 자세를 취한 채로 말이다.

눈가에 눈물이 맺힌 아네스는 일제히 상급 마법을 영창하기 시작한 홍마족을 보더니 표정이 딱딱하게 굳어졌다.

5

—홍마족에게 쫓기던 아네스가 엉엉 울면서 도망친 후, 우리는 벽에 난 구멍의 수리를 비롯해 이런저런 일을 하고 있었다.

“정말, 그 악마는 대체 뭐야? 뭐, 아무튼 무사히 쫓아냈으니 됐어. 촘스케도 무사하고 말이야.”

융융은 발치에 있는 촘스케를 쓰다듬으면서 말했다.

아네스는 이 털북숭이를 두고 도망쳤다.

이대로 촘스케를 이 집에 두면 또 쳐들어올 것이다.

그렇다면…….

“……융융. 부탁이 있어요. 촘스케를 당신 집에서 맡아주지 않겠어요?”

“뭐?! 갑자기 무슨 소리를 하는 거야?!”

나는 깜짝 놀라는 융융에게 설명했다.

"아네스가 악마인 줄은 몰랐지만, 그래도 춈스케를 맡아 준다면 좋겠다고 생각한 건 사실이에요. 아까도 말했다시피 이 애를 데리고 모험가 생활을 하는 건 좀 그러니까요."

"하, 하지만! 결국 그 악마는 도망쳤고 거래도…… 아앗?!"

말을 이으려던 융융은 은화가 든 자루를 보여주자 경악했다.

"그 돈이라면 보다시피 여기 있어요. 아무래도 깜빡하고 그냥 간 것 같네요. 이건 텔레포트 비용으로 쓰죠."

"너, 너무해! 괜찮은 거야? 저기, 진짜로 그래도 괜찮은 거냐구!"

융융이 그런 소리를 했지만 몬스터를 쓰러뜨리고 얻은 돈은 그냥 가져도 된다고 옛날부터 전해져 내려온다.

딱히 내가 아네스를 쓰러뜨린 것은 아니지만 이것도 내 평소 행실 덕분이리라. 그러니 나를 위해 감사히 쓰도록 하자.

정말 괜찮은 걸까…… 하고 중얼거리고 있는 융융에게 내가 말했다.

"그러니 융융, 저는 내일 여행을 떠날까 해요."

"뭐?! 그렇게 빨리?! 너무 서두르는 거 아냐?! 좀 느긋하게 가도 되잖아. 반 친구들에게 작별인사도 해야 할 거 아냐!"

전혀 서두르는 것이 아니었다.

반 년 넘게 기다렸던 것이다.

솔직히 말하자면 지금 바로 이 마을을 뛰쳐나가 모험을 시작하고 싶었다.

하지만 여러모로 준비해야 할 것이 있고 코멧코에게도 이야기를 해야 한다.

"아무튼 내일 아침 일찍 떠날 거예요. 그리고 작별 인사는 하지 않아도 되겠죠. 홍마족은 고고한 존재니까요. 만약 인연이 있다면 또 어디선가 만날 수 있을 거예요."

"무슨 소리를 하는 거야! 잠시만 기다려봐! 지금부터 다른 애들을 불러올 테니까 이대로 훌쩍 떠나버리지 마! 그럼 절대 용서 안 할 거야!"

융융은 그렇게 말한 후, 어딘가를 향해 뛰어갔다.

내성적이고 타인에게 말을 잘 걸지 못하는 융융이 다른 애들을 불러오겠다고 말했다.

이제 내가 없어도 괜찮아 보였다.

나는 그런 생각을 하면서 내 발치에 있는 춈스케를 안아 들었다.

6

어딘가로 뛰어갔던 융융이 돌아왔다.

그리고 그녀가 나를 끌고 간 곳은—.

"그건 그렇고 메구밍이 여행을 떠나는 구나~. 쉽게 뚜껑 열리는데다 걸핏하면 싸우려 드는 네가 모험가 생활을 제대로 할 수 있겠어?"

"파티를 짤 모험가를 찾는 것조차도 힘들 거야!"

후니후라와 도돈코는 이런 무례한 소리를 했다.

왜 이 두 사람에게 이런 소리를 들어야만 하는 걸까.

"뭐, 메구밍이라면 잘 할 거야. 내가 유일하게 이기지 못했던 상대잖아."

안대를 한 반 친구, 아루에가 그렇게 말했다.

"어? 나, 나도, 아루에에게 진 적이…… 아앗?!"

아루에에게 무슨 말을 하려던 융융은 뭔가를 깨닫고 비명을 질렀다.

"너희 둘이 졸업하기 직전에 쳤던 시험 때, 융융은 나보다 점수가 낮았잖아."

아루에가 그렇게 말하자 융융은 고개를 푹 숙였다.

그러고 보니 융융은 나와 졸업 시기를 맞추기 위해 일부러 시험을 망쳤던 적이 있었다.

뭐, 이거야말로 자업자득이라는 생각이 들었다.

보기보다 지는 걸 싫어하는 융융이 분하다는 표정으로 주먹을 말아 쥔 가운데, 나는 케이크를 마구 먹어대고 있었다.

그런 나를 본 후니후라와 도돈코가 어이없다는 투로 말했다.

"……너 말이야. 이런 자리에서는 식탐은 접어 두고 말을 하라구. 너한테는 사람과 사람 사이의 정이라는 게 없는 거야?"

"그리고 메구밍도 일단은 여자애라는 카테고리에 들어가잖아? 먹을 것보다는 패션에 신경 쓰는 편이 좋을 것 같은데?"

할 말 있으면 얼마든지 지껄여대라.

여행을 시작하면 언제 또 이런 걸 먹을 수 있을지 모른다.

먹을 수 있을 때는 먹고, 쉴 수 있을 때는 쉬는 것이 모험가에게 있어 기본적인 마음가짐…….

"……먹지 말라는 건 아냐. 하다못해 작별 인사 정도는 하고 먹어."

촘스케를 안아든 융융이 어이없다는 목소리로 그렇게 말했다.

이곳은 홍마의 마을에서 가장 큰 가옥인 융융의 집이다.

그리고 아까부터 이곳에서는 내 송별회라는 게 열리고 있었다.

융융은 학창시절에 나와 특히 인연이 깊은 애들만 모은 것 같았다.

융융의 방 테이블에는 진수성찬과 케이크가 놓여 있었다.

"모엄까 뙨 짜, 머글 쑤 이쓸 때 먹고, 씰 쑤 이쓸 때 씨어야……."

"입안에 있는 걸 삼키고 말해!"

나에게 주의를 준 융융은 왠지 안절부절 못하는 것 같았다.

"저기, 아루에. 음료수 더 줄까? 후니후라 양은 포도 주스지? 아, 메구밍. 목이 멜 수도 있으니까 음료수 마셔."

융융은 아까부터 계속 다른 이들을 신경 쓰고 있었다.

아무래도 자기 집에 친구들이 와서 너무 기쁜 나머지 흥분한 것 같았다.

그러고 보니 이 집에 들어오는 우리를 본 융융의 가족들은 경악을 금치 못했다.

어쩌면 융융이 자신의 집에 친구를 데려온 것은 이번이 처음일지도 모른다.

"저기, 융융. 너 조금 진정해."

"맞아, 대체 왜 그러는 거야. 텐션이 너무 높은 거 아냐?"

후니후라와 도돈코가 주의를 줄 정도였다.

"미, 미안해! 이런 파티 같은 건 처음이거든……."

"그, 그렇구나! 그렇다면야 어쩔 수 없지!"

"응응! 어쩔 수 없어! 그, 그래! 융융의 생일에도 파티를 하자!"

……이 두 사람이 이런 소리를 하게 만드는 융융도 참 대단하다는 생각이 들었다.

한편, 느긋하게 케이크를 먹던 아루에가 입을 열었다.

"그런데 메구밍은 어디를 거점으로 삼을 생각이야? 메구밍이라면 강한 몬스터가 출몰하는 지역이라도 괜찮을 것 같은데?"

"아, 일단 기본대로 풋내기 모험가의 마을 액셀에 갈까 해요. 저도 아직 풋내기니까 같은 풋내기 모험가를 동료로 삼는 편이 좋을 것 같거든요."

"흐음, 너한테도 이런 겸손한 면이 있는 줄은 몰랐어."

"학교에서도 이 만큼만 겸손했다면 친구가 더 생겼을 거야."

내가 쓸데없는 소리를 하는 저 두 사람을 어떻게 요리해 줄지 생각하고 있을 때였다.

"그럼 메구밍. 이건 우리가 주는 거야."

갑자기 후니후라가 그렇게 말하면서 지팡이 한 자루를 건네줬다.

"……오오, 이게 뭔가요? 혹시 작별 선물인가요? 아, 만져보니 마력이 매우 잘 흐르는 것 같네요. 꽤 비싼 거 아닌가요?"

마법사에게 있어 지팡이는 마법의 위력을 상승시켜주는 중요한 물건이다.

그리고 이 정도 물건이라면 가격 또한 상당할 것이다.

"아니, 값을 매길 수 없는 거야. 마도구 장인인 후니후라의 아버지가 만든 지팡이거든. 참고로 지팡이 재료는 이 두 사람이 구해왔어."

아루에가 그렇게 말하자 후니후라와 도돈코는 자랑하듯 입을 열었다.

"마을 근처에 있는 숲에 가서 마력이 넘쳐흐르는 나무를 골랐어."

"뭐, 별것 아냐. 만약 고맙다고 생각한다면, 여행을 하다

만난 멋진 남자를 마을로 데리고 와줘."

아루에는 잘난 척하며 그렇게 말하는 두 사람을 흘겨보면서 말했다.

"뭐, 이 두 사람은 아직 상급 마법을 쓸 수 없기 때문에 내가 같이 숲에 가줬어. 둘 다 몬스터와 마주칠 때마다 비명을……."

""아루에~!""

아루에는 나와 융융이 졸업한 후, 상급 마법을 습득하고 무사히 졸업한 것 같았다.

그리고 나와 융융 다음가는 마력을 지녔으니 마도구 장인이 될 거라고 생각했지만…….

대체 무슨 생각인지 작가가 되겠다고 선언한 후, 매일같이 집에 틀어박혀 지내는 것 같았다.

나는 그 지팡이를 꼭 끌어안으며 말했다.

"고마워요. 소중히 여길게요. 그리고 두 사람한테서 이런 걸 받을 거라고는 꿈에도 생각 못했어요. 아, 혹시 두 사람 다 츤데레라는 인종이에요?"

"아냐! 너한테 빚을 지는 게 싫었을 뿐이라구!"

"메구밍이 만들어준 그 약 말인데, 엄청 잘 들었대. 그래서 후니후라는 마음속으로 너한테 엄청 고마워하고 있어."

"무, 무슨 소리를 하는 거야!"

……응?

"뭐예요. 저기, 후니후라의 동생이 아프다는 건 사실이었나요? 저는 놀고먹는데 쓸 돈을 융융한테서 갈취하려고 그런 거짓말을 한 줄 알았어요."

"내 성격이 꽤나 더럽다는 건 알지만, 그런 짓은 안 해!"

"후니후라는 중증 브라콤일 뿐이야! 그 정도로 악랄하지는 않다구!"

"뭐, 뭐어?!"

후니후라와 도돈코가 떠들어대는 사이, 나는 융융이 조용하다는 사실을 눈치챘다.

아무래도 뭔가 할 말이 있는데 하지 못하는 것 같았다.

"융융, 슬슬 너도 꺼내는 게 어때?"

"그래. 모처럼 준비한 거잖아?"

융융은 두 사람의 말을 듣더니 종이봉투를 꺼냈다.

그리고 그것을 나를 향해 살며시 내밀었다.

"받아. 메구밍은 아직 교복을 사복 삼아 입고 다니잖아. 패션 같은 걸 신경 쓰지 않는 것 같으니까, 마법사의 로브를……."

그 종이봉투 안에는 로브와 망토, 모자가 들어있었다.

솔직히 말해, 정말 고마웠다.

교복이 꽤 낡았기 때문이다.

"고마워요. 소중히 입을게요."

융융은 그 말을 듣더니 안도 섞인 한숨을 내쉬었다.

바로 그때, 후니후라가 심술궂은 표정을 지으며 아루에에게 말했다.

"아루에~? 저기, 너는 아무것도 준비하지 않은 거야?"

"맞아맞아. 우리도 지팡이를 준비했는데, 아루에는 빈손이야?"

이 두 사람은 여전히 성격이 끝내줬다.

지금까지 묵묵히 음식을 먹고 있던 아루에는 흠 하고 말하며 작게 고개를 끄덕였다.

"그럼 비장의 아이템을 줄게."

아루에는 그렇게 말하더니 기나긴 학창시절 동안 단 한 번도 벗지 않았던 안대를…….

"어?!"

"안대를 벗고 있는 아루에는 처음 봤어!"

아루에는 시끄럽게 떠들어대는 두 사람을 무시하며 나를 향해 그 안대를 내밀었다.

"이건 강력한 힘이 담겨있는 아이템이야. 이걸 차고 있으면 정신이 차분해지고, 세뇌나 매료 같은 정신조작계 마법에 내성을 지니게 돼. 그와 동시에 마력을 억누르는 효과도 있지. 나는 가지고 태어난 마력이 너무 강했거든. 힘이 폭주하지 않도록 어릴 때부터 이걸 착용했어."

이제 와서 밝혀진 아루에의 과거.

평소 무슨 생각을 하는지 알 수 없었던 아루에에게 이런 비밀이…….

"그, 그렇게 소중한 걸 메구밍에게 줘도 돼?"

"그래. 힘이 폭주하는 거 아냐?"

후니후라와 도돈코가 묻자 아루에는 작게 웃으면서…….

"괜찮아. 나한테는 이제 필요 없는 물건이야. 부모님 말에 따라 마법은 익혔지만 내 꿈은 작가야. 작가가 되어 누군가를 기쁘게 해주는 작품을 쓰고 싶어. 그러니까 메구밍이 모험가가 되면 가끔이라도 괜찮으니 모험담을 들려줘. 그리고 언젠가 메구밍이 소속된 파티의 모험담으로 작품을 쓰고 싶어."

……그런 멋진 소리를 했다.

나를 제외한 세 사람은 그 말을 듣고 완전히 당황했다.

"저, 저기, 어쩌지? 우리 건 평범한 지팡이잖아."

"그, 그래도 재료는 우리가 직접 모았으니까 진심은 담겨 있을 거야……!"

"어, 어쩌지. 나는 가게에서 파는 걸 사왔을 뿐인데!"

소곤거리고 있는 세 사람에게…….

"뭐든 상관없어요. 전부 소중히 여길게요. 정말 고마워요."

나는 그렇게 말하면서 미소 지었다.

"그, 그렇지?! 마음이 중요한 거잖아!"

"맞아맞아! ……아, 맞다! 아루에, 메구밍이 그 안대를 하

면 마력이 봉인되는 거지? 그러면 마법의 위력이 약해지지 않아?"

"아……. 그렇다면 전력을 다해 마법을 쓸 때만 안대를 벗으면……."

내가 세 사람의 말을 들으면서 안대를 착용하려 한 순간…….

나한테서 눈을 뗀 아루에는 예쁘게 포장된 상자를 꺼내면서 말했다.

그 상자 안에는 새것으로 보이는 안대가 들어 있었다.

"아, 그런 효과는 없으니까 걱정하지 마. 그건 내가 어릴 적에 할아버지께 선물 받은 안대야. 이제 꽤 낡아서 새것을 샀거든. 나는 작가가 꿈이라고 방금 말했지? 작가는 이야기를 적당히 꾸밀 줄도 알아야……."

나는 아루에를 향해 들고 있던 안대를 던진 후, 새 안대를 강탈했다.

7

송별회가 끝나고 모두가 돌아간 후…….

융융은 나를 집까지 배웅해주겠다고 말했다.

그녀는 나를 눈만 뗐다 하면 미아가 되는 애라고 생각하는 걸까.

밖은 어느새 어두워져 있었다.

길을 걷던 융융은 갑자기 입을 열었다.

"메구밍, 그 로브 차림의 언니를 만난 후에는 마을로 돌아올 거지?"

억지로 밝은 척을 한 탓인지 그녀의 목소리는 희미하게 상기되어 있었다.

나는 옆에서 걷고 있는 융융에게 말했다.

"아뇨, 마을에는 돌아오지 않을 거예요. 바깥 세상에 나갔으니 믿음직한 동료들과 함께 엄청 강해져서 확 마왕이라도 쓰러뜨린 후, 다음 마왕이라도 되어볼까요. 그때는 융융을 신생 마왕군의 간부로 삼아줄게요."

"그런 건 싫어! 왜 악당이 되어야 하는 건데?! 그리고 폭렬마법밖에 못 쓰는 메구밍한테 그런 건 무리일걸?"

그런 현실적인 이야기는 듣고 싶지 않았다.

"……내일 아침에는 이 마을을 떠날 거예요. 그러니 배웅할 거면 아침 일찍 오세요."

"왜 내가 일부러 그런 짓을 해야 하는데! 저, 저기, 진짜로 내일 갈 거야? 아직 어린 코멧코는……! 아, 그 애라면 괜찮을 거야……."

"그 애라면 혼자서도 잘 살 거예요. 뭐, 이웃들에게 부탁도 해뒀고 부모님도 항상 집을 비우는 건 아니니 괜찮겠죠."

그것보다…….

"이 털북숭이를 맡아주지 않겠어요? 위험한 여행을 떠나는 제가 데리고 가는 것도 좀 그렇잖아요."

나는 걷기 싫은지 내 어깨에 들러붙어있는 춈스케를 융융에게 떠넘기려 했다.

"……이 애, 이렇게 이상한 이름이 붙은 걸로 모자라 남에게 맡겨지는 거구나……."

융융은 동정하듯 춈스케를 쓰다듬으면서 말했다.

"하지만 이 애는 이렇게 메구밍을 따르잖아. 홍마의 마을보다 위험한 곳은 그렇게 많지 않으니까 그냥 데리고 가."

"……으음, 만약의 사태가 벌어졌을 때 미끼나 비상식량으로 삼는다면 확실히 도움이……."

"그만해! 왜 너는 사고방식이 그렇게 야성적이면서 악랄한 거야?!"

그런 대화를 나누는 사이, 우리 집이 보이기 시작했다.

내일 배웅하러 오지 않는다면 융융을 보는 것은 이게 마지막일지도 모른다.

"융융은 상급 마법을 익히면 족장이 되죠?"

"응. 하지만 마법을 익히고 바로 되는 건 아냐. 아마 꽤 나중의 일일 테니까……."

그러니까, 저기…….

그런 소리를 하던 융융은 뭔가를 고민하는 눈치였다.

몇 번이나 무슨 말을 하려다 그 말을 할 용기가 없는지 말을 삼키고 말았다.

무슨 말이 하고 싶은 걸까.

……우리는 집 앞에 도착하고 말았다.

"그럼 융융, 저의 자칭 라이벌인 만큼 힘내세요. 당신이 농땡이 피우면 확 제가 마왕이 되어서 세계를 지배해버릴 거예요. 그 때가 되어서 간부로 삼아달라고 울며불며 매달리지 말라고요."

"그딴 소리 안 해! 메구밍이 마왕이 된다면, 내가 쓰러뜨리러 갈 거야!"

융융은 평소와 마찬가지로 바로 반박했다.

그 말을 듣고 안심한 나는 현관문 앞에 섰다.

"그럼 또 봐요."

"……응, 또 봐."

융융에게 매우 심플한 작별 인사를 한 후—.

배웅하는 융융의 시선을 등 너머로 느끼면서—.

나는, 현관문을 열었다.

8

"언니, 어서 와! 밥 먹자!"

현관으로 뛰어오고 있는 코멧코와도 한동안 만날 수 없다.

여동생은 울음을 터뜨릴까.

가지 말라면서 매달리면 어떻게 하지.

"코멧코, 밥 먹기 전에 할 이야기가 있어요."

"응?"

코멧코의 앞에서 나는 바른 자세로 앉았다.

그러자 코멧코도 바닥에 단정하게 앉았다.

영문을 모르겠다는 표정을 지은 채, 내가 입을 열 때까지 기다리고 있는 코멧코에게 나는 말했다.

"코멧코, 저는 내일 여행을 떠날 거예요."

"흐음."

…….

"코멧코, 이해가 안 되나요? 이 언니는 여행을 떠날 거예요. 그럼 오랫동안 돌아오지 못할 거예요. 사랑하는 언니의 얼굴을 볼 수 없다고요."

"알았어! 참을게!"

정말 강한 아이다.

"그게 싫다면 저를 잡아도 돼요. 하지만 제 의지는 확고하죠. 아무리 잡아도 제 뜻을 꺾을 수 없을 테니 쓸데없는 짓일 거예요."

"알았어! 쓸데없는 짓이라면 안 잡을게!"

"코멧코가 강한 아이로 자라줘서 기쁘지만, 마음 한편으로는 조금 슬프네요."

"언니는 관심병 환자."

"윽?!"

—여동생과 함께 목욕을 한 후, 오늘은 같이 자자고 말해 봤다.

"언니는 어리광쟁이."

"코, 코멧코?! 관심병 환자나 어리광쟁이 같은 말을 대체 누구한테 배웠죠?!"

"이웃사촌인 붓코로리~."

"그 빌어먹을 백수 자식의 짓이군요."

내일, 여행을 떠나기 전에 한 대 때려줘야겠다.

코멧코는 거실에 자신의 이부자리를 척척 깔았다.

내가 은근슬쩍 코멧코의 이부자리에 들어가자, 이번에는 코멧코도 어리광쟁이 같은 소리는 하지 않고 같이 자줬다.

왠지 입장이 반대가 된 느낌이 들었다.

언니로서는 여동생이 좀 더 어리광을 부려줬으면 좋겠는데 말이다.

어두운 방안.

이부자리 안에서 내가 코멧코의 손을 움켜쥐자 그녀도 내 손을 움켜쥐었다.

"……코멧코, 제가 없는 동안에 무슨 일이 생기면 바로 주위에 있는 어른들에게 이야기하세요."

"응, 알았어."

내 여동생은 똑 부러지지만 아직 어리다.

내일 이웃들에게 동생을 부탁해둬야겠다.

"좀 믿음직스럽지 않지만, 여차하면 붓코로리한테라도 의지하세요. 그 사람은 항상 한가하니까요."

"알았어. 먹을 게 없으면 받으러 갈게."

그 백수에게 그런 주변머리가 있을까.

"쓸쓸하면 융융의 집에 가세요. 분명 잘 돌봐줄 거예요. 아니, 융융이야말로 쓸쓸해하고 있을 테니 때때로 신경써주세요."

"응, 알았어……."

코멧코의 목소리가 아까보다 작아졌다.

아무래도 졸린 것 같았다.

"……아빠와 엄마에게는 편지를 써둘게요. 두 분이 돌아오시면 그걸 전해주세요. 뭐, 전부터 돈이 모이면 여행을 떠날 거라고 말은 해뒀어요. 그러니 제가 없어도 걱정은 하지 않겠죠."

"응……."

코멧코는 졸린 목소리로 그렇게 말했다.

나는 그 말을 들으면서 여동생의 조그마한 몸을 꼭 끌어안았다.

나는 어쩌면 시스콤일지도 모른다.

그러니 이 틈에 여동생 성분을 보급해두자.

……바로 그때, 코멧코의 목소리가 들렸다.

"언니."

"……응? 왜 그러죠?"

나에게 안겨있던 코멧코는 나를 꼭 끌어안으면서 작은 목소리로 말했다.

"빨리 돌아와."

……시스콤이더라도 상관없어.

나는 아침까지 코멧코를 꼭 끌어안고 있었다.

—다음 날 아침.

이불 안에서 자고 있는 코멧코를 깨우지 않기 위해, 살며시 이부자리 밖으로 빠져나왔다.

그 후, 융융에게서 받은 로브를 걸쳤다.

그리고 아루에가 준 안대를 착용한 나는 거울 앞에 섰다.

……어, 나쁘지 않네. 안대가 마음에 드는걸.

그 후, 모자를 깊이 눌러쓴 나는 지팡이를 쥐었다.

다시 거울 앞에 선 나는 거울에 비친 나 자신에게 반해버릴 것 같았다.

"언니, 이건 무슨 놀이야?"

거울 앞에서 포즈를 취하다 보니, 언제부터인가 코멧코가 옆에서 내 흉내를 내고 있었다.

아침을 든든하게 먹은 후, 짐을 다시 한 번 세세하게 체크했다.

깜빡한 물건은 없어 보였다.

뭐, 개인적인 물건이 없기 때문에 딱히 챙길 것도 없지만 말이다.

그리고 내가 집을 나서려고 한 순간이었다.

"언니, 이걸 깜빡했어!"

세세하게 확인을 했는데도 불구하고 코멧코가 뭔가를 들고 쫓아왔다.

"제가 뭘 깜빡한 거죠?"

"도시락!"

코멧코는 커다란 뭔가를 나에게 떠넘겼다.

……아무래도 나를 위해 도시락을 만든 것 같았다.

안쪽을 살펴보니 커다란 주먹밥이 들어 있었다.

여행을 떠나기 직전에 어린 여동생이 이렇게 신경을 써주자, 여행을 포기하고 코멧코와 즐겁게 살까 하는 생각이 들었다.

"그리고 어리광쟁이인 언니가 쓸쓸하지 않도록 이것도 줄게."

코멧코가 무례한 소리를 하면서 떠넘긴 것은 잠자리에 든

그녀에게 내가 자주 읽어줬던 그림책이었다.

이것은 코멧코의 보물인데…….

내가 쓴웃음을 지으면서 그 그림책을 짐 안에 집어넣었다.

그 모습을 본 코멧코는 만족스러운 미소를 지으면서 말했다.

"언니, 힘내! 누구보다 강해지는 거야!"

"……알았어요. 약속할게요, 내 여동생이여. 언젠가 『최강의 마법사』라는 호칭을 손에 넣고 말겠어요!"

어린 여동생 앞에서 폼을 잡은 나는 융융에게 받은 망토를 펄럭였다.

이건 꽤 괜찮았다.

융융에게서 좋은 걸 받았다.

코멧코는 주먹을 말아 쥐더니 이렇게 말했다.

"마왕을 쓰러뜨리고 와!"

"마, 마왕 말인가요? 그건, 저기, 융융 앞에서 그런 허세를 부리기는 했지만……."

"쓰러뜨리고 와!"

"……최선을 다해 볼게요."

내가 그렇게 대답하자 코멧코는 만족스러운 미소를 지었다.

9

밖에 나가보니 햇볕에 눈이 따가울 정도로 날씨가 맑았다.

여행을 떠나기 딱 좋은 날씨였다.

하지만 여행을 떠나기 전에 가봐야 할 곳이 있다.

"안녕하세요. 붓코로리는 있나요?"

"아, 메구밍. 어서오거라. 내 아들놈이라면 아직 자고 있단다."

집 근처에 있는 신발가게에 들어간 나는, 여동생이 곤란해 할 때는 도와달라고 부탁했다.

"걱정 말렴. 원래 너희 부모님이 너희 둘을 신경 써달라고 부탁했었거든! 뒷일은 맡겨줘. 메구밍도 곤란한 일이 있으면 언제든 이야기하거라."

나는 그 말을 듣고 안심하며 입을 열었다.

"그럼 이야기 드릴게요. 실은 곤란한 일이 하나 있어요."

"어, 뭔데? 말해보렴."

나는 미간을 찌푸리며 어두운 표정을 지었다.

"실은 붓코로리가 제 동생에게 좋지 않은 단어를 들려주고 있어요. 그걸 막아줬으면 좋겠는데……."

"조, 좋지 않은 단어?! 그, 그게 어떤……."

"여자애가 차마 입에 담을 수 없는 말이에요."

"그 자식이!"

신발가게 주인은 붓코로리의 이름을 외치면서 2층으로 뛰어올라갔다.

이걸로 됐다.

이 일로 질렸으면 한동안은 코멧코에게 이상한 단어를 가르쳐주지 않을 것이다.

나는 신발가게에서 나온 후, 짐을 짊어지며 전송가게로 향했다.

물과 온천의 도시 아르칸레티아까지의 편도 비용은 30만 에리스다.

현재 내 전 재산에 가까운 금액이었다.

아르칸레티아에 도착하면 아르바이트라도 해야…….

아니다. 모험가로서 바로 퀘스트를 받는 것도 괜찮을 것이다.

그렇다. 나는 하루에 마법을 딱 한 번만 쓸 수 있지만, 잘 쓰면 그 누구에게도 지지 않을 것이다.

그런 나를 잘 이용해줄 수 있는 동료와 만날 수 있다면 좋겠지만……

그런 생각을 하던 나는 어느새 전송가게 앞에 도착했다.

"왜 이렇게 늦은 거야. 꼭두새벽부터 기다리고 있었던 사람도 생각 좀 해달라구."

내가 전송가게에 들어가려고 한 순간, 등 뒤에서 목소리가 들려왔다.

고개를 돌려보니 그곳에는 후니후라와 도돈코, 아루에를

비롯해 반 친구들이 있었다.

아무래도 배웅을 나온 것 같았다.

"……다들 한가하군요."

"너, 끝까지 고맙다는 말을 안 할 생각인 거지?!"

후니후라는 얼굴을 새빨갛게 붉히면서 그렇게 외쳤다.

바로 그때, 나는 딱 한 사람만 보이지 않는다는 사실을 눈치챘다.

내가 주위를 둘러보자 후니후라가 노곤한 목소리로 말했다.

"융융이라면 안 와. 부모님과 중요한 이야기를 해야 해서 못 온대."

"저, 저는 딱히 아무 말도 하지 않았거든요?!"

내가 그렇게 말하자 후니후라와 도돈코가 히죽거렸다.

큭, 오늘이 내가 여행을 떠나는 기념비적인 날만 아니라면 바로 엉엉 울게 만들어줬을 텐데…….

내가 어금니를 갈고 있을 때, 아루에가 내가 착용한 안대를 손가락으로 가리키며 말했다.

"잘 어울려."

"소중히 여길게요."

나는 여전히 종잡을 수 없는 친구와 작별 인사를 나눴다.

"아르칸레티아행 텔레포트, 곧 발동합니다. 텔레포트는 1회에 네 명까지 이용가능하며, 다음 텔레포트는 오후로 예정되어 있습니다. 전송을 이용하실 분은 서둘러 주십시오~."

전송사의 목소리가 들려오자 나는 마중 온 이들을 향해 손을 흔들며 돌아섰다.

결국, 융융과는 만나지 못했다.

뭐, 애초에 배웅을 오지 않을 거라고 했었던 데다, 그 애는 친구가 적고 외로움을 많이 탄다.

얼굴을 마주했다간 나를 따라오려고 할지도 모르니 차라리 잘된 걸지도 모른다.

미련이 남기는 하지만 말이다…….

전송가게의 주인에게 은화를 자루 채로 건넨 후, 다른 손님과 함께 텔레포트용 마법진 위에 섰다.

마법진을 사용하면 전송사고가 발생할 확률도 낮아지고 소비 마력도 줄일 수 있다고 한다.

행선지는 물과 온천의 도시 아르칸레티아.

나는 처음으로 이 마을밖에 나가는 것이니, 긴장을 하지 않는 게 오히려 이상했다.

하지만 이 긴장감에 버금갈 정도로 기대가 되었다.

나는 지금 그 누구에게도 질 것 같지 않았다.

코멧코와 약속한 것이다.

『최강의 마법사』가 되겠다고 말이다.

"자, 그럼 갑니다~. 마법에 저항하지 않도록 몸에서 힘을 빼주세요~."

주인이 그렇게 말하자 나는 눈을 감고 몸에서 힘을 뺐다.

그리고 아까 배웅 나온 반 친구들의 얼굴을 떠올렸다.
자연스럽게 몸 안에서 힘이 샘솟았다.
나는 아직 보지 못한 세계를 마음속으로 그리면서—.

“그럼 즐거운 여행되시길. 『텔레포트』!”

전송마법에 휩싸였다.

막간 극장【2막】

—아쿠아 님, 좌절하지 않겠어요!—

배고프다.

그 마검사 미소년에게서 밥을 뜯어먹고 있었는데 결국 놓치고 말았다.

매일같이 울며불며 매달려서 붙들어놓고 있었지만, 아침에 일어나 보니 종이 한 장만 남겨놓고 사라졌다.

그 종이에는 여신님에게서 받은 힘으로 세계를 구하고 싶다, 같은 영문 모를 소리가 적혀 있었다. 세계를 구하기 전에 먼저 궁핍한 내 생활부터 구원해줬으면 한다.

그라면 분명 좋은 아쿠시즈 교도가 될 것 같았는데…….

하지만 도망쳐버렸으니 어쩔 수 없다.

이제부터 어떻게 먹고 살지를 고민해야 한다…….

학교 근처에 모금함을 설치하는 건 어떨까.

순수한 마음을 지닌 상냥한 아이들이 용돈으로 기부를 해줄지도 모른다.

……하지만 그런 짓을 했다간 인간에게 있어 소중한 무언가를 잃을 것 같았다.

그렇다면 이 아름다운 미모를 이용해 돈 좀 벌어볼까?

……안 된다. 아쿠시즈 교단의 미인 프리스트로 널리 알려져 있는 내가 그런 짓을 했다간 교단의 이미지가 다운될 게 불 보듯 뻔했다.

하지만 이대로 있다간 또 하루 세끼를 우뭇가사리 슬라임으로 때워야 할 것이다.

아무리 내가 좋아하는 음식이라지만 솔직히 질렸다.

그렇다면, 남은 방법은 그것뿐이다—.

"—세실리다! 세실리가 나타났어! 아쿠시즈 교단의 파계승이 또 나타났다고!"

"어이, 세실리! 오늘은 뭘 하러 온 거야?! 이곳에는 네 취향에 맞는 젊은 에리스 교도가 없어! 네가 시시콜콜 나타나서 말도 안 되는 짓을 해댄 탓에, 자식이 있는 에리스 교도들은 전부 다른 마을로 이사 갔다고! 덕분에 이 마을의 에리스 교도가 확 줄었단 말이다! 또 우리 교도들에게 피해를 준다면 이번에야말로 가만 놔두지 않을 거다!"

에리스 교회 앞에 선 두 남자가 무례하기 그지없는 소리를 하며 내 앞을 가로막았다.

"저 때문에 신자가 줄었다는 말도 안 되는 소리를 하지 말아주시겠어요? 저는 아무것도 모르는 순진무구한 소년소녀들에게 저희 교단의 가르침을 설파했을 분이에요. 이미 종교를 가지고 있으면 설법을 해서는 안 된다는 건가요?"

"너희 교의는 애들에게 악영향을 준다고! 『아쿠시즈 교도는 뭐든 할 수 있다. 그러니 잘 안 된다면 그건 당신 탓이 아니다. 그건 전부 이 세상 탓이다』라는 둥, 『자신을 억누른 채 성실하게 살아본들, 노력하지 않고 편하게 살아본들, 내일 무슨 일이 일어날지 알 수 없다. 그렇다면 알 수 없는 내일보다는, 명확한 오늘을 편하게 살아라』라는 둥! 너희 교회에 놀러갔던 애들은 전부 바보가 되어서 돌아온단 말이다! 솔직히 말해 완전 민폐라고! 제발 부탁이니 아이들에게 다가가지 마!"

어린이를 좋아하는 미인 언니 및 누나로 알려져 있는 나에게 에리스 교도는 폭언을 퍼부었다.

"……이 교회에 자주 얼굴을 내밀기는 했지만 나를 그렇게 생각하고 있는 줄은 몰랐어. 나, 나는 말이야……. 설령 종파가 다르더라도, 프리스트라는 같은 직업을 지닌 이들끼리는 언젠가 서로를 이해하게 될 수 있을 거라고 생각했는데……."

신랄하기 그지없는 말을 듣고 주먹을 말아 쥐며 고개를 숙인 나는 떨리는 목소리로 그렇게 중얼거렸다.

"……세, 세실리? 어, 어이, 그런 반응을 보이지 마. 왠지 죄책감이……. 자, 장난치는 거지? 상처 입은 척…… 하는 거……지……?"

"우, 우리도 말이 심했어! 그, 그래. 민폐라거나 아이들에게 다가가지 말라는 말은 좀 그랬지?! 오해하지 마! 펴, 평소의 너를 보면 말이지, 뭐랄까……."

얼굴이 새파랗게 질린 그 두 사람은 당황할 대로 당황한 것 같았다. 나는 고개를 숙인 채 그 두 사람의 옆을 지난 후, 에리스 교회 입구에 놓여 있는 빵이 든 봉지를 움켜쥐었다.

"어? 세, 세실리? 너, 지금 뭘……."

"……어이, 어, 어이, 너, 그건……!"

나는 고개를 번쩍 든 후…….

"가련한 미인 프리스트의 마음에 상처를 새긴 에리스 교도는 지옥에나 떨어져버려라!"

빵이 든 봉지를 날치기하자마자 부리나케 내달렸다.

"자, 잠깐만, 가지 마! 먹을 게 없는 가여운 사람들을 위해 우리가 자비를 털어서 산 배급용 빵이라고……!"

나는 쫓아오면서 애원하는 남자를 힐끔 쳐다보면서 말했다.

"마검사 미소년을 놓친 걸로도 모자라, 너희들에게 괴롭힘을 당한 나는 가엽지 않은 거야?! 이럴 때만 가지 말라는 소리 하지 마! 상냥하게 대하지 마! 잡지 말라구! 이제 그만 나를 내버려둬! 따라오지 말란 말이야!!"

나는 미련을 버리지 못하고 쫓아오는 두 사람을 떨쳐낸 후…….

지금도 나를 지켜보고 계실 아쿠아 님에게 기도를 드렸다.

—아쿠아 님. 저, 좌절하지 않겠어요!

"헛소리하지 마, 이 멍청아! 우리가 쫓는 건 네가 아니라 빵이라고! 빵 돌려줘!!"

제3장
메오 도시의 민폐교단
트러블메이커

1

친구들에게 받은 장비를 착용하고…….

여동생과 최강의 마법사가 되겠다고 약속하자…….

그 누구에게도 지지 않을 것 같았다.

……그랬던 시절이 저한테도 있었습니다.

"—모험가 길드에 레벨 제한이 있을 줄은 몰랐어요……."

나는 양손으로 쥔 지팡이에 몸을 의지한 채 땅이 꺼져라 한숨을 내쉬었다.

—물과 온천의 도시, 아르칸레티아.

이 마을 주위에 서식하고 있는 것은 하나같이 강한 몬스터라고 한다.

고블린과 코볼트 같은 졸개 몬스터도 존재하지만, 그런 녀석들은 하나같이 초보자 킬러라는 몬스터와 함께 움직이는 것 같았다.

그렇기 때문에 이 마을의 모험가 길드에서는 저레벨 모험가에게 퀘스트를 주지 않았다.

내 폭렬마법이라면 그 어떤 강적이라도 해치울 수 있지만, 일을 맡을 수 없다면 아무 소용없는 것이다.

나는 액셀 마을에 가고 싶었다.

액셀행 마차 비용을 벌어야만 하지만…….

이 마을에 도착하자마자 모험가 길드로 향한 결과가 바로 이것이다.

"어떻게 하죠……. 마차 비용이 얼마인지는 모르지만, 지금 가지고 있는 돈만으로는 부족할 게 뻔한데……."

공원 벤치에서 지갑 안을 살펴본 내가 한숨을 내쉬면서 앞으로 어떻게 할지 생각하고 있을 때…….

절박한 고함소리가 들려왔다.

"—아쿠시즈교! 아쿠시즈교를 잘 부탁합니다!"

"함께 아쿠아 님을 귀여워하지 않겠습니까? 경배하지 않겠습니까? 모시지 않겠습니까? 분명 당신의 인생이 여러 가지 의미에서 극적으로 변할 게 틀림없습니다!"

아쿠시즈교.

물의 여신 아쿠아를 모시고 괴짜 신자가 많은 걸로 유명하며 지명도만 메이저급인 종교다.

그런 아쿠시즈교 교도들이 큰 목소리로 종교 권유를 하고 있었다.

"교단에 전해져 내려오는 아쿠아 님에 관한 다양한 일화를 들으면, 당신도 아쿠아 님을 믿게 될 거예요~!"

"아쿠시즈교에 들어오시면 예술에 재능이 생기고, 언데드 몬스터에게 사랑받게 되는 등, 여러 가지 좋은 일이 생겨요~!"

예술에 재능이 생기는 건 몰라도 언데드에게 사랑받게 되는 건 여러모로 문제일 것 같은데…….

그 목소리의 주인은 젊은 여성 신자 두 명이었다.

필사적인 목소리로 그렇게 외치고 있지만 성과가 좋지 않은 것 같았다.

"저 사람들도 고생이 많아 보이네요……."

나는 아쿠시즈 교도에게서 눈을 뗀 후, 아르칸레티아의 거리를 둘러보았다.

베테랑 모험가에게 적합한 지역인 만큼, 때때로 보이는 이 마을의 모험가들은 하나같이 고급 장비를 걸치고 있었으며 매우 강해 보였다.

도저히 나 같은 풋내기를 동료로 받아줄 것 같지 않았다.

"아, 친구가 없어 보이는 거기 당신! 왠지 불행해 보이는군요! 하지만 아쿠시즈 교단에 들어오면 행운이 당신을 찾아올 거예요!

"부, 불행……. 저, 저기, 그러면 친구도 생길까요……? 아, 죄, 죄송해요. 지금 사람을 찾고 있거든요. 그 이야기는 다음에 자세하게 들려주세요!"

그렇다면 돈을 벌기 위해서는 보수가 적은 일반 아르바이트를 하는 수밖에…….

"……윽?!"

방금 등 뒤에서 귀에 익은 목소리가 들려온 탓에 화들짝 놀란 나는 허둥지둥 뒤쪽을 쳐다보았다.

하지만 오랫동안 나와 경쟁해왔던 그 애는 그곳에 없었다. 그저 종교 권유에 힘쓰고 있는 아쿠시즈 교도들만 있었다.

어쩌면 내 잠재의식이 그 애에게 의지하고 있는 걸지도 모른다.

좀 부끄러워진 나는 얼굴이 붉어지는 게 느껴졌다.

……아, 맞다.

지금은 남을 신경 쓸 때가 아니다. 한시라도 빨리 일자리를 찾아야만 한다.

홍마의 마을에서는 제대로 일을 하지 못했지만 그건 어디까지나 홍마의 마을이 특이하기 때문이다.

상급 마법을 쓸 수 있다는 전제 하에서 하는 일이 대부분이라 일자리를 구하는데 번번이 실패했지만, 마법을 쓰지 않아도 되는 채소 수확 같은 것은 별 문제 없이 해냈다.

게다가 후니후라와 도돈코가 시비만 걸지 않았다면 식당 아르바이트도 계속 했을 것이다.

홍마족 제일의 천재가 할 수 없는 일이 할 수 있는 일보다 많을 리가 없다.

나는 몇 번이나 그렇게 되뇐 후, 의기양양하게 아르바이트를 찾기 시작했다.

2

"너, 해고."

"자, 잠깐만요, 점장님! 해고는 너무하잖아요! 피치 못할 사정이 있어서 그런 거란 말이에요!"

"좋아. 일단 변명을 들어볼까."

선술집의 스태프 룸에서 나는 이 가게 주인에게 매달렸다.

아르칸레티아에 온 후, 이곳은 내가 열 번째로 구한 아르바이트 자리였다.

여기서도 모가지를 당할 수는 없었다.

"실은 저를 본 손님이 어린애가 술집에 들어왔다고 생각했는지 『이런 곳에 들어오면 안 돼, 꼬마 아가씨. 엄마 있는 데 가렴』이라고 말하면서 저를 가게 밖으로 쫓아내려고 했어요."

"오호, 그랬구나."

가게 주인은 고개를 끄덕였다.

……반응이 나쁘지 않았다!

"그래서 말이죠. 저는 그 손님에게 이렇게 말했어요. 『어이, 누가 꼬마 아가씨라는 건지 한번 말해보실까. 대체 내 어디를 보고 꼬마라고 생각한 건지 한번 말해봐라』라고 말이에요. 그러자 『키와 가슴, 그리고 기타 등등』이라는 무례한 소리를 한 그 손님에게 들고 있던 따끈따끈한 어묵을…….”

“너, 해고.”

“점장님~!”

—이 마을에 오고 일주일이 지났다.

그 동안 여러 가게를 돌아보았지만, 아직 일자리를 구하지 못했다.

혹시 나는 사회 부적응자인 걸까.

천재라고 불리던 내가 말이다.

“아, 아직 포기하기엔 일러요……. 음식 관련은 전멸했지만, 그 외에도 분명 일자리가 있을 거예요……! 그래요, 지금까지는 그저 운이 나빴던 것뿐이라고요……!”

나는 자기 자신을 격려하듯 그런 혼잣말을 중얼거리면서 길을 걸었다.

마차 비용을 버는 것은 고사하고 식비조차 벌지 못했다.

그래서 이틀 동안 아무것도 먹지 못했다.

가지고 있던 돈은 바닥났고 잠도 여관의 마구간에서 잤다.

……이건 내가 생각하던 모험가 생활과는 달랐다.

아무튼 남은 음식점 아르바이트 자리는 없다.

그 외에 내가 할 수 있는 일이라고 해봤자…….

“……너는 매일 어딘가에서 먹을 걸 받아오네요. 대체 누구한테서 얻어오는 거죠?”

나는 발치에 있는 촘스케를 안아들면서 바닥에 주저앉았다.

누구한테서 먹을 걸 얻는 건지는 모르겠지만 이 애는 배고파 보이지 않았다.

촘스케한테 주는 거라도 괜찮으니 나도 좀 얻어먹을 수 없을까.

내가 인간으로서 위험하기 그지없는 생각을 하고 있을 때였다.

굶주린 배를 부여잡고 지면에 주저앉아 있는 내 귀에 갑자기 새된 비명소리가 흘러들어왔다.

"—크! 당신들, 연약한 여성한테 이런 짓을 하는 게 부끄럽지도 않은 건가요?!"

"이, 이 녀석……!"

"정말 뻔뻔한 인간이군! 적당히 좀 해라……!"

비명 소리를 듣고 뛰어가 보니 젊은 남성들에게 팔을 잡힌 아름다운 언니가 있었다.

이……, 이건!

나는 그들 사이에 끼어들듯 몸을 날린 후 망토를 펄럭였다.

"그만 하세요!"

""""어?!""""

내가 느닷없이 난입한 바람에 놀란 세 사람은 그 자리에서 딱딱하게 굳어버렸다.

그리고 가장 먼저 정신을 차린 이는 남자들에게 괴롭힘을 당하고 있던 언니였다.

"도, 도와주세요! 이 사람들이『그 반반한 얼굴로 우리를 꼬시는 거냐? 이건 전부 매혹적인 몸뚱이로 마을 안을 무방비하게 어슬렁거린 네 책임이라고!』같은 소리를 하면서 저를 어딘가로 끌고 가려 해요!"

""그, 그런 소리 한 적 없어!""

남자들은 바로 반박했지만 이 상황에서 어느 쪽의 말을 믿느냐면—!

"내 이름은 메구밍! 홍마족 제일의 마법사이자, 폭렬마법을 펼치는 자! 훗, 눈앞에서 벌어지고 있는 악행을 못 본 척할 수야 없죠!"

"어이 너, 홍마족이냐?! 자, 잠깐만 있어봐. 너는 지금 착각을 하고 있어! 우리는 피해자라고!"

"서, 성급하게 굴지 마! 일단 대화를 하자!"

남자들은 거품을 물면서 허둥지둥 변명을 했다.

"유감이군요! 다른 얼간이라면 몰라도, 저의 이 붉은 눈은 속일 수 없어요!"

"네 그 붉은 눈은 옹이구멍이라고!"

"그래! 우리는 이 마을의 에리스 교도…… 아앗?! 아, 아차!"

우리가 말다툼을 벌이는 사이, 저 두 사람에게 잡혀 있던 언니가 도망쳤다.

……잠깐만, 에리스 교도?

“어이, 너! 어떻게 책임을 져줄 거야?! 저 여자는 아쿠시즈 교도라고! 우리 교회에 있는 에리스 님의 초상화에 낙서를 했단 말이다!”

어, 어쩌지?

“얼마 전에는 우리 교단이 굶주린 이들에게 매일같이 나눠주는 빵을 전부 강탈해갔어!”

그러고 보니 이 마을은 아쿠시즈 교단의 총본산이라고 들었다.

아쿠시즈 교도 중에는 괴짜가 많다고 들었지만, 설마 이 정도로 자유로운 사람들일 줄이야…….

“저저, 저기, 죄송해요……. 이, 이 마을에 온지 얼마 안 된지라…….”

당황한 나에게 두 에리스 교도가 따지고 들려…….

—한, 바로 그때였다.

“경찰 아저씨, 저기예요!”

그 목소리가 들려온 곳을 쳐다보니 방금 도망쳤던 아쿠시즈 교도 언니가 서 있었다.

그것도…….

“아앗?! 아쿠시즈 교도의 헛소리일 것 같아서 대충 흘려

들으면서 와봤는데 지, 진짜로 에리스 교도가 어린 소녀한테 못된 짓을 하고 있잖아……?!”

경찰로 보이는 남성을 데리고 말이다.

“자, 잠깐만요?! 저 아쿠시즈 교도가 무슨 소리를 한 건지는 모르겠지만, 저희는 아무 짓도 하지 않았습니다!”

“그, 그래요! 저희는 그저, 우리 교회에 낙서를 한 아쿠시즈 교도를 잡으려고……!”

두 사람이 그렇게 외치자 아쿠시즈 교도 언니가 경찰관에게 귓속말을 했다.

“들었죠? 저렇게 어린 소녀뿐만 아니라 저까지 잡아가서 나쁜 짓을 하려는 속셈이라고요.”

“거기 있는 두 에리스 교도! 잠깐 나 좀 볼까!”

““예엣?!””

경찰관이 남자들에게 다가가는 것과 동시에 그 언니가 내 쪽으로 왔다.

“이제 걱정 안 해도 돼! 많이 무서웠지? 자, 지금이 찬스야!”

“어! 잠깐만요. 저 에리스 교도들은……?!”

그 언니는 뭐가 어떻게 되고 있는 건지 몰라서 당황한 나를 향해 손을 내밀었다.

“앗?! 거기 있는 아쿠시즈 교도와 아가씨, 잠깐 기다려! 당신들 이야기도 들어야 한다고……!”

내 손을 잡고 도망치려 하는 그 언니를 향해 경찰관이 말했다.

"자, 달려! 도망치자구!"

"저, 저는 딱히, 도망칠 필요가 없는데……!"

뒤편에서 고함을 질러대는 경찰관을 힐끔 쳐다보며 나는 그 언니에게 끌려갔다.

"—괜찮니? 다친 데는 없어? ……휴우, 아슬아슬하게 늦지 않았던 것 같네. 정말 위험했어."

"무슨 소리를 하는 거죠? 왜 제가 도움을 받은 느낌인 거냐고요! 그리고 저는 아무 짓도 하지 않았으니 도망칠 필요가 없다고요!"

그 언니에게 억지로 끌려간 후—.

우리는 어찌된 영문인지 사이좋게 단둘이서 뒷골목에 숨어 있었다.

"무슨 소리를 하는 거야. 그때 거기 남아 있었으면 사악한 에리스 교도에게 무시무시한 짓을 당했을 거야. 너는 이렇게 로리로리하고 귀엽잖니! 그런 상황에서 내가 구해줬으니까 고맙다는 소리 정도는 해도 될 것 같은데? 아, 참고로 답례가 하고 싶다면 이 입교서에 사인을……."

그 언니는 그렇게 말하며 품속에서 종이를 꺼내려 했지만 나는 그녀의 손을 움켜잡았다.

“저기, 아까 그 사람들은 악당처럼 보이지 않았거든요?! 그리고, 아쿠시즈교에는 안 들어갈 거예요! 그 이전에 왜 제가 고마워해야 하는…….”

반론을 늘어놓는 내 배에서 꼬르륵 소리가 흘러나왔다.

……벌써 이틀 동안 아무것도 먹지 못했다. 그런 나에게 이상한 언니와 노닥거릴 여유는 없었다.

“배가 고픈가 보네. 그럼……. 좋아, 속는 셈 치고 이 언니를 따라오렴!”

노닥거릴 여유는…….

“나는 아쿠시즈 교단의 프리스트, 세실리야. 편하게 세실리 언니야~ 라고 불러도 돼. 우선 맛있는 거라도 먹으면서 이 언니와 이야기 좀 하자!”

……수상쩍은 미소를 지으며 세실리가 한 말을, 나는 무시할 수가 없었다.

3

“로, 로리……?!”

“—로리……. 드디어 우리 교단에 로리가 생겼다고!”

“한 번만 더 로리라고 부르면 가만두지 않겠어요! 홍마족의 진정한 힘을 보여드리죠!”

아쿠시즈 교단의 본부인 대교회.

그곳에 온 나는 로리라는 말을 들으며 환영받았다.

"너무 그러지 마, 메구밍 양. 우리 교단의 남성 신자는 이 마을의 어린이들에게 다가가는 것이 법적으로 금지되어 있거든. 그런 그들의 마음을 이해해줘."

"대체 무슨 짓을 했기에 어린이들에게 다가가는 것이 금지된 거죠?"

내가 약간 질린 표정을 지으며 교단 사람들을 둘러보고 있을 때, 세실리의 지시를 받은 아쿠시즈 교도가 부랴부랴 먹을 것을 가지고 왔다.

"자, 어서 먹어."

"……이걸 먹으면 당신은 아쿠시즈 교도예요, 같은 소리를 하려는 건 아니죠?"

"무, 물론이지. 아쿠아 님께 맹세코 그런 쩨쩨한 짓은 하지 않을게."

그런 소리를 할 생각이었다는 분위기가 그녀에게서 물씬 풍겨왔다.

은근슬쩍 주위를 경계하면서 식사를 하고 있을 때, 안쪽에서 머리카락이 희끗희끗한 아저씨가 비서로 보이는 여성을 대동하고 나타났다.

사람 좋아 보이는 인상의 그 남성은 방긋 웃고 있었다.

그 사람에게서는 범상치 않은 분위기가 풍겼다.

"오오, 귀여운 손님이군요. 저희 교단에 어서 오십시오! 저는 이 교단의 아크 프리스트인 제스터라고 합니다."

자신의 이름이 제스터라고 밝힌 그 사람은 나를 향해 미소 지었다.

"아크 프리스트……. 대단하시네요. 원래 프리스트 적성이 있는 사람은 많지 않다고 들었어요. 그런 프리스트의 상위 직업인 아크 프리스트라니……."

범상치 않은 사람 같다는 내 예상은 맞았다.

"딱히 그렇지도 않습니다. 태어날 때부터 아크 위저드의 적성을 지닌 당신들 홍마족이야말로 진정으로 대단하다고 생각해요."

제스터는 웃으면서—.

"그런데 아가씨. 듣자하니 일자리도 없고 갈 곳도 없다면서요? 괜찮다면 이 교회의 방을 하나 내드리죠. 일자리를 구할 때까지 저희가 돌봐드리겠습니다."

—프리스트답게 자비로운 제안을 했다.

그건 정말 고마웠다.

"고마워요. 뻔뻔한 일이라는 건 알지만, 진짜로 곤란했었거든요……. 혹시 제가 할 수 있는 일이 있다면 뭐든 다 할 테니 말만 해주세요."

"방금, 뭐든지 다 하겠다고 했습니까?"

제스터는 내 말을 듣자마자 진지하기 그지없는 표정을 지었다.

아차, 말실수했다.

아쿠시즈교에 들어올 것을 요구할지도 모른다.

"으음. 지, 진짜로 뭐든지 다 하겠다는 건 아니라……."

"으음, 어떻게 할까요. 일단…… 저를 오빠라고……, 아니, 아빠……. 그것보다 일단 속옷을……. 으음, 아니면 저를 의자로……."

"저기, 죄송하지만 무슨 소리를 하시는 건지 모르겠어요."

제스터의 단편적이지만 괴상하기 짝이 없는 소리를 듣고 내가 완전히 질렸을 때였다.

"아아, 위대하신 여신 아쿠아 님! 방황하고 있는 저를 인도해주소서!"

"죄송한데, 이 변태는 뭐죠?"

"변태가 아니라 제스터 님입니다. 이번에 차기 최고 사제로 내정된 아쿠시즈 교단 최고 책임자이시죠."

제스터의 옆에 있던 여성이 머리를 감싸 쥔 채 무슨 요구를 할지 고민하는 변태를 쳐다보면서 말했다.

"이 아저씨가 차기 최고 사제라고요? 이 교단, 정말 괜찮은 건가요?"

"아저씨가 아니라 제스터 님입니다. 이래 봬도 할 때는 하시는 분이시죠. 뭐…… 그러니 아마 괜찮지 않을까요……."

내가 그 여성과 이런 이야기를 나누고 있을 때—.

"제스터 님. 즐거운 고민 중이신데 방해해서 죄송합니다만……. 이건 이번 신자 권유 현황 보고서입니다. 역시 사악한 에리스 교도가 암약하고 있는 탓에 성과가 좋지는 않습니다……."

한 신자가 여전히 고민에 잠겨 있는 제스터에게 서류를 내밀었다.

"음……. 난처하게 됐군요. 이래서야 아쿠아 님을 볼 면목이 없습니다. 어쩔 수 없죠. 오늘도 에리스 교의 교회에 가서 그 미인 신관을 괴롭히며 스트레스 해소 겸 방해를……."

"아, 잠깐만요. 평소에도 그런 짓만 잔뜩 하나요? 아니, 그럼 아까 에리스 교도에게 쫓긴 것도……."

내가 무심코 태클을 날리면서 자신을 이곳으로 안내한 세실리 쪽을 힐끔 쳐다보자 그녀는 고개를 반대쪽으로 돌렸다.

이 사람들은 뼛속까지 악당은 아닌 것 같았다.

악당은 아니지만 여러모로 문제가 많은 것은 틀림없어 보였다.

"권유 방법을 바꾸는 건 어떨까? 에리스교의 관계자인 척 권유를 한 후, 사인을 받을 때 아쿠시즈 교단의 입교서를 슬쩍 내민다든가……."

"안 돼. 그랬다간 금방 도망가 버릴 거야. 차라리……."

아쿠시즈 교도들이 상의랍시고 그런 어이없는 소리를 해대기 시작했다.

오래간만의 식사를 끝마친 나는 한숨을 내쉬었다. 그리고 그런 그들을 쳐다보면서—.

"……효율적인 권유 방법을 찾고 있나요?"

입가를 닦으며 말했다.

"머리가 좋은 걸로 유명한 홍마족의 지혜를 빌리고 싶나요?"

내가 그렇게 말하자 제스터를 비롯한 아쿠시즈 교도들이 서로의 얼굴을 쳐다보았다.

4

다음 날 아침.

"메구밍 양, 정말 괜찮겠습니까? 저희야 감사합니다만……."

"식비와 숙박비라고 생각해주세요. 이상한 요구를 당하는 것보다 훨씬 나으니까요……."

나는 축 늘어진 채 제스터에게 그렇게 말했다.

어젯밤에는 정말 고생했다.

세실리라는 그 언니와 같이 목욕을 했는데 욕실에서 나를 왕창 희롱하고, 내 이부자리 안으로 돌격까지 했다…….

나쁜 사람은 아니라고 생각하지만 취향이 이상한 걸까.

고개를 내저으며 어제 있었던 어이없는 추억을 떨쳐낸 후, 나는 제스터와 함께 마을 뒷골목에 숨어서 주위를 살폈다.

—나는 어제 신세진 것의 답례 삼아, 제스터에게 여러 가지 권유 방법을 제안했다.

"알았죠? 좀 상냥해 보이는 사람이 지나가면, 제가 우선 이 바구니 안에 든 사과를 일부러 쏟을 거예요."

제스터는 내 말을 듣더니 고개를 끄덕였다.

"그리고 허둥지둥 사과를 줍는 나를 불쌍하게 여겨 도와주는 상냥한 사람에게, 답례를 하겠다면서 근처 카페로 끌고 가는 거죠. 거기서 이런저런 이야기를 하고 있는 저희에게, 제스터 씨를 비롯한 아쿠시즈 교도들이 우연을 가장해 다가오는 거예요. 그 후에는 제 친구를 자칭하면서 몇 명이 테이블을 둘러싼 후, 협박…… 설법이라는 이름의 권유를 하는 거죠."

"멋지군요! 정말 끝내주는 생각입니다! 그 작전은 성공률이 높을 것 같아요!"

나는 고함을 질러대는 제스터의 입에 손가락을 대면서 조용히 하라는 지시를 내렸다.

"마침 적당해 보이는 사람이 나타났군요. 그럼 잘 보고 계세요."

뒷골목에서 밖을 살펴보던 내 앞으로 사람 좋아 보이는 언니가 지나갔다.

좋아. 이제 이 바구니를 들고 저 언니 앞을 지나가다 안에 든 내용물을 쏟기만 하면 돼……!

바로 그때였다.

내가 들고 있던 바구니를 빼앗아든 제스터가 그 언니 앞으로 뛰쳐나갔다.

그리고 그대로 안에 든 것들을 쏟아버렸다.

"아, 아앗!"

갑작스럽게 할 일을 빼앗긴 탓에 내가 굳어있던 사이, 제스터는 바닥을 굴러다니고 있는 사과를 서둘러 주웠다.

사람 좋아 보이는 그 언니는 약간 질린 표정을 지으며 사과를 주워줬다.

"오오! 고맙습니다, 아가씨! 이것도 인연이겠죠! 실은 이 앞에 괜찮은 카페가 있는데, 거기서 답례를 하고 싶군요!"

아직 바닥에 떨어져 있는 사과가 많았지만, 제스터는 그것들은 안중에도 없다는 듯 콧김을 뿜으며 눈앞의 언니에게 고맙다는 말을 하고 있었다.

아무래도 저 언니는 그가 좋아하는 타입인가 보다.

그래서 이 계획을 직접 실행하기로 마음먹은 것이리라.

"그, 그러실 필요 없어요……. 그것보다 사과가……."

"사과 같은 건 아무래도 상관없습니다. 그것보다 카페에서 답례를 하는 게 더 중요해요! 자, 빨리 가죠!"

"아, 괘, 괜찮아요! 답례 같은 건 안 하셔도 돼요! 괜찮으신 것 같으니 저는 이만 가볼게요!"

계속 물고 늘어지는 제스터 때문에 겁먹은 그 언니는 허둥지둥 도망쳤다.

그 모습을 지켜보던 제스터는 바구니를 든 채 중얼거렸다.

"……아쉽게도 실패했군요."

"당신은 그냥 돌아가세요."

—결국, 다른 장소에서 다음 작전을 실행하기로 했다.

"이번에도 아까처럼 골치 아픈 상황이 벌어지면 곤란하니, 같이 작전을 실행하죠. ……하지만 이번 작전을 실행하기에는 제스터 씨가 너무 박력이 없는데다, 한물 간 아저씨 같네요. 어떻게 하죠……."

"메구밍 양, 저도 상처받을 때가 있습니다만……."

나는 제스터의 항의를 한 귀로 흘려들으면서 뒷골목에 숨었다.

"뭐, 좋아요. 다음은 정의감이 강해 보이는 남성을 노리죠. 우선 제가 비명을 지르면서 주의를 끌겠어요. 그러면 제스터 씨가 저를 덮치세요. 바로 그때, 정의감이 강해보이는 남성에게 도움을 받는 거예요. 그 다음부터는 아까 작전과 똑같아요. 답례를 하겠다면서……."

"오호, 작전의 개요는 이해했습니다. ……그런데 메구밍 양을 덮치면서 어떤 짓까지 해도 되는 거죠?"

"손가락 하나라도 제 몸에 대면 바로 고소할 거예요. ……아, 왔어요!"

표적으로 삼은 남성이 걸어오고 있었다.

딱 봐도 사람이 좋아 보이며 꽤 강해보이는 남자였다.

"저 사람이라면 문제없을 것 같네요! 그러면 시작하죠!"

골목에서 뛰쳐나간 나는 그 남성의 주의를 끌기 위해 고함을 질렀다.

"누가! 누가 좀 도와주세요!"

주위에 있던 사람들이 비명을 지르는 나에게 주목했다.

물론 정의감이 강해보이는 남자도 마찬가지였다.

"저 위험해 보이는 아저씨가, 저를 억지……로……?"

원래 제스터는 내 뒤를 이어 골목에서 뛰쳐나와 나를 덮치기로 되어 있었다.

하지만 그는 뒷골목에서 몸을 웅크린 채 고개를 옆으로 돌리고 있었다.

"뭐, 뭐하고 있는 거예요! 이미 주목을 받기 시작했다고요! 자, 빨리 덮치세요! 이대로 있다간 제가 아무 이유 없이 비명을 지른 정신 나간 애로 찍히고 말 거라고요! 다들 쳐다보고 있어요! 쳐다보고 있다고요!"

내가 제스터를 향해 낮은 목소리로 그렇게 말하고 있을

때, 누군가가 뒤편에서 내 어깨를 두드렸다.

"으음, 아가씨. 나는 이런 사람이거든?"

머뭇거리면서 고개를 돌려보니 표적으로 삼았던 정의감이 강해보이는 오빠가 나를 쳐다보고 있었다.

그는 검은색 수첩을 들고 있었다.

그것은—.

"휴가 중인 경찰인데 말이야. 무슨 일이 벌어진 건지 가르쳐주겠니?"

"그, 그게 말이죠. 실은 피치 못할 사정이……, 아아앗!"

도움을 요청하기 위해 골목 쪽을 쳐다보니 어느새 그곳에는 아무도 없었다.

"—저는 이만 돌아가도 될까요?"

"그, 그런 소리 하지 마십시오! 아까 두고 간 건 사과하겠습니다! 그러고 보니 메구밍 양이 다른 마을에서 온 사람이라는 걸 깜빡했습니다. 설마 경찰관에게 권유할 거라고는 생각도 못했어요."

경찰관에게 무지막지하게 혼난 후에야 겨우겨우 해방된 내가 확 돌아가려 하자 제스터는 필사적으로 매달렸다.

"그냥 종이에 권유방법을 상세하게 적어줄 테니 나중에 알아서 해보세요. 이대로 계속 하다간 더 험한 꼴을 당할 것 같아요."

"너, 너무 그러지 마십시오! 자, 메구밍 양! 저쪽에 있는 노점에서 뭐라도 좀 먹지 않겠습니까?! 아, 맛있어 보이는 꼬치구이를 팔고 있군요!"

"제가 먹을 것에 낚일 거라고……. 뭐, 먹기는 하겠지만요."

제스터가 사준 꼬치구이를 먹고 있을 때, 내 발치에 있던 춈스케가 먹고 싶은지 계속 칭얼거렸다.

그 사실을 눈치챈 제스터는 몸을 숙이더니 춈스케를 향해 손을 내밀었다.

"호오. 언뜻 보기에는 평범한 고양이 같지만, 이 아이에게서는 범상치 않은 기운이 느껴지는 군요."

춈스케는 제스터가 두렵지 않은지 그가 내민 손에서 나는 냄새를 킁킁 거리며 맡았다.

그냥 이상한 아저씨라고 생각했지만 그러고 보니 이 사람은 아크 프리스트이기도 했다.

의외로 실력파인 걸지도 모른다.

"이 애는 평범한 고양이에요. 이름은 춈스케죠."

"좋은 이름입니다. ……흠, 딱히 위험해 보이지 않는군요."

제스터는 한동안 춈스케의 머리를 쓰다듬어준 후 말했다.

"그런데 메구밍 양은 아직 어린 나이인데도 불구하고 홀로 여행을 하고 있는 겁니까? 뭐, 홍마족이니 혼자 여행을 해도 위험하지는 않겠지만 말이죠."

"……실은 사람을 찾고 있어요. 뭐, 단서라고 해봤자 폭렬마법을 쓸 수 있는 미인 글래머 언니라는 것뿐이지만요."

나는 꼬치구이를 다 먹은 후 지나가는 투로 그렇게 말했다.

이런 단서라고도 할 수 없는 것으로 그 사람을 찾을 수 있을 거라고는 눈곱만큼도 생각하지 않았다.

……하지만 제스터는 뜻밖의 말을 했다.

"폭렬마법을 쓸 수 있는 미인 글래머 마법사라. ……어디선가 들어본 적이 있는 것 같군요."

"예?!"

제스터가 뜻밖의 말을 하자 나는 그를 향해 얼굴을 쑥 내밀면서 물었다.

"저, 정말인가요?! 자세하게! 자세하게 이야기해보세요!"

"어이쿠. 메구밍 양, 뭐하는 겁니까. 제가 핥아줬으면 하나요? 노, 농담입니다. 농담이니까 저를 향해 지팡이를 들지 마시죠."

내가 지팡이를 들면서 경계하자 제스터는 뭔가 생각하듯 턱을 쓰다듬으며 말했다.

"아, 생각났습니다. 분명 액셀 마을이었을 겁니다. 풋내기 모험가의 마을 액셀에 폭렬마법을 쓸 수 있고 쭉쭉빵빵한데다 유명하기까지 한 미인 마법사가 마도구점을 운영하고 있다더군요. 글래머에 미인이라는 키워드가 인상적이라 기억해뒀습니다. 저는 글래머도 매우 좋아하거든요."

그다지 듣고 싶지 않은 정보까지 들었지만 나는 마음속으로 기뻐했다.

재수 한 번 좋네!

액셀은 내가 가려고 마음먹은 장소잖아!

물론 내가 찾는 사람과 액셀에 있다는 사람이 동일 인물이라고 단정할 수는 없지만, 폭렬마법을 쓸 수 있는 마법사가 그렇게 많을 리가 없다.

……기대를 해봐도 괜찮을 것이다.

"식사만이 아니라 유익한 정보도 얻었군요. 그 답례 삼아, 종교 권유를 조금만 더 도와드리겠어요."

"오오! 정말입니까, 메구밍 양!"

내가 의욕에 찬 목소리로 그렇게 말하자 제스터는 만면에 미소를 지었다.

5

―아르칸레티아에서 고함과 욕설이 울려 퍼졌다.

"저 자다! 저기 있는 아쿠시즈 교도가 화장실에 있던 화장지를 전부 훔쳐갔어!"

나는 그 비난을 들으면서 제스터와 함께 필사적으로 도망쳤다.

"제스터 씨! 왜 화장지를 훔친 거죠?! 당신이 무슨 생각을 하는 건지 정말 모르겠어요!"

"화장지 대신 입교서를 놔뒀습니다! 화장실에 화장지가 없어 절망에 빠진 어린 양들 앞에, 밝게 빛나며 나타난 아쿠시즈 교단의 입교서! 신의 구원을 두 눈으로 목격한 그 사람은 과연 어떻게 할 것 같습니까?"

"그걸로 엉덩이를 닦겠죠."

"……그 자리에서 입교서에 사인을 한 후, 아쿠아 님께 기적을 일으켜달라고 기도를……."

"그딴 일은 절대 일어나지 않을 거예요. 그리고 그런 걸 남겨두면 그게 아쿠시즈 교단의 짓이라는 사실을 증명하는 증거가 될 테니, 오히려 더 악평이……. 아앗, 포위당했어요!"

화장지를 안아든 제스터와 함께 도망치던 나는 어느새 포위당하고 말았다.

"거기 두 사람! 저항하지 말고 얌전히 투항해!"

경찰관으로 보이는 사람들은 우리를 둘러싸더니 서서히 포위망을 좁혔다.

나는 이 마을에 온 후, 몇 번이나 경찰의 신세를 졌는지 생각해봤다.

내가 복잡한 심경에 사로잡혀 있을 때, 제스터가 내 옷의 소매를 잡아당겼다.

"메구밍 양, 지금입니다. 지금이야말로 당신의 힘을 보여줄 때예요. 자, 홍마족의 진정한 힘을 보여주시죠."

이 아저씨, 지금 마법으로 이 경찰관들을 해치우라고 하는 거야?

"그딴 짓을 어떻게 해요. 저는 마법의 위력을 조절하지 못해요. 이 일대를 폐허로 만들게 뻔하니, 저는 마을 안에서 마법을 쓸 수가 없다고요!"

"걱정하지 마십시오! 마침 적당한 물건이 있습니다!"

자신만만한 목소리로 그렇게 말한 제스터는 방금 강탈한 화장지를 들고 있었다.

"이걸로 얼굴을 가린 후에 마법을 쓰면……!"

"당신, 바보죠?! 바보 맞죠?! 그딴 짓을 어떻게 하냐고요!"

―경찰서에서 설교를 듣고 돌아가는 길…….

"제 생각인데, 이런 짓만 해대니 신자가 늘지 않는 것 아닐까요?"

"제 생각에는, 평범한 방식으로 영입한 신자는 행실이 바르기만 할 뿐 전혀 재미가 없을 것 같습니다만?"

이 사람, 완전 골 때리네.

"하아, 정말 따끔한 맛을 톡톡히 봤네요. 자, 이만 돌아가죠."

"메, 메구밍 양. 마지막으로 한 번만 더해보죠! 아까 가르쳐준 그걸 한 번만 더해주십시오! 달려가던 여자애가 넘어져서 움직이지 못하자, 지나가던 사람이 도움을 주는 그것

말이에요!"

"어……."

내가 인상을 쓰면서 난색을 표하자 제스터는 두 손을 모으면서 애원했다.

"부탁입니다! ……아, 마침 불행해 보이지만 사람이 좋아 보이는 애가 이쪽으로 오고 있군요! 저 애라면 메구밍 양을 못 본 척 하지 않을 겁니다! 부탁입니다!"

하아…….

제스터에게 이게 마지막이라고 못 박은 후, 나는 뒷골목에 숨어서 준비했다.

"메구밍 양, 지금입니다!"

나는 제스터의 지시에 따라 뒷골목에서 튀어나온 후, 가능한 한 자연스럽게 넘어졌다.

"……아앗! 크으으으으……. 이렇게 아무것도 없는 곳에서 넘어지다니! 다른 사람도 아니고 내가……!"

넘어진 나는 그대로 지면에 드러누웠다.

자, 빨리 이 불쌍한 소녀를 도우라고요!

"……으윽, 무릎이 까졌어요. 아파서 움직이지를 못하겠네요……!"

자, 빨리요.

"……이대로 있다간 상처에 세균이 들어가서 파상풍이……."

"뭐하고 있는 거야?"

귀에 익은 목소리가 들려오자 나는 쓰러진 채 온몸을 부르르 떨었다.

"……."

"저기, 메구밍. 뭐하고 있는 거냐구."

메구밍이라는 말을 들은 순간, 나는 이 사람이 내가 예상한 인물이 틀림없다는 확신을 가졌다.

쓰러진 채 식은땀을 줄줄 흘리고 있던 내가 확 이대로 죽은 척이라도 할까, 고민하고 있을 때…….

"이런 데서 뭘 하고 있는 건데에에에에엣!"

"아아아, 융융, 그만해요! 무릎이 까져서 아픈 건 진짜니까, 그만하라고요!"

어찌된 영문인지 이곳에 있던 융융이 지면에 쓰러져 있는 나를 마구 흔들어댔다.

이게
마지막이에요.
정말…
메구밍 양,
지금입니다
스윽
이
내가……!
아이쿠!!
벌러
덩
아무것도 없는
장소에서
넘어지다니!!

데굴
으윽,
무릎이
까졌어요….
데굴
아파서
움직이지
못하겠네요….
자, 빨리
이 불쌍한
소녀를
도우라고요!
자,
빨리요!!!
빨….
뭐하고
있는
거야?
움찔
!!
저기,
메구밍.
뭐하고
있는
거냐구?
가

6

인적이 드문 아르칸레티아의 공원.

"정말, 일단은 내 라이벌이니까 너무 창피한 짓은 하지 말라구. 그것보다 왜 그런 바보 같은 짓을 했던 거야? 느닷없이 넘어져서 지나가던 누군가에게 도움을 받은 후에, 뭘 어쩔 작정이었어?"

나는 무릎을 꿇은 채 융융에게 설교를 들었다.

내 옆에서 무릎을 꿇고 있는 제스터는 기대에 찬 표정을 짓고 있었다.

……분명 자기보다 어린 미소녀에게 꾸짖음을 당하고 싶은 것이리라.

"제가 그런 짓을 한 이유는 제 옆에 있는 사람에게 물어보세요."

"부디 저한테 물어주십시오."

"뭐?"

융융은 나와 제스터의 말을 듣더니 약간 질색하는 표정을 지었다.

"……아까부터 신경 쓰였던 건데, 당신은 누구죠? 메구밍과 어떤 사이인가요?"

"함께 이 마을을 뛰어다닌 동료……. 아니, 동지라고나 할까요. 친구 같은 물러터진 사이가 아닌 것만은 틀림없습니다."

"예에엣?!"

"어이, 이 애가 철석 같이 믿을 수도 있으니, 그런 바보 같은 소리는 작작해 주실까?"

융융은 심각한 표정을 지은 채 동료……, 동지…… 하고 중얼거렸다.

나는 그런 융융에게 아까부터 신경 쓰였던 점에 대해 물었다.

"그런데 어째서 융융이 이런 곳에 있는 거죠?"

"뭐?! 그, 그게, 그러니까……."

방금까지 설교 모드였던 융융은 갑자기 우물쭈물하기 시작했다.

………….

"혹시 제가 걱정되어서 따라온 건가요?"

"아아, 아냐! 수행! 그래, 수행을 하려고 여행을 떠난 거야! 메구밍도 모험가로서 살아갈 생각인 것 같으니, 나도 마을 밖에 나가서 수행하지 않으면 못 따라잡을 거 아냐! 게다가 홍마의 마을 근처에서 출몰하는 몬스터는 너무 강해서 나 혼자 쓰러뜨리지 못하니까……!"

융융은 허둥지둥 변명을 늘어놨지만 마지막 말은 사실이었다.

융융은 중급 마법까지만 쓸 수 있었다.

그런 융융 혼자서 홍마의 마을 주변에 있는 몬스터를 쓰러뜨리는 것은 힘들 었다.

"뭐, 홍마의 마을 주변은 고레벨 모험가에게도 위험한 지역이니까요. 일자리에서 번번이 해고를 당한 저를 아쿠시즈 교단의 인물이 거둬줬어요. 그리고 어쩌다 보니 종교 권유를 돕게 됐죠."

"그렇습니다. 메구밍 양은 좋은 권유 방법을 잔뜩 가르쳐줬죠."

"그, 그랬구나. 하지만 아쿠시즈 교단은……."

융융은 제스터를 쳐다보더니 약간 겁먹고 뒷걸음질 쳤다.

아쿠시즈 교단에 대한 나쁜 소문을 떠올린 것이리라.

그리고 제스터는—.

"가녀린 소녀의 겁에 질린 모습을 구경하는 것도 좋군요……."

그런 어이없는 소리를 하면서 행복에 겨운 한숨을 내쉬었다.

아쿠시즈 교단은 언젠가 폭삭 망해버리지 않으려나.

"저, 저기, 메구밍. 이 마을에 더 머무는 건 좀 그럴 것 같은데……. 그리고 액셀 마을에 간다고 하지 않았어?"

"갈 거예요. 하지만 마차 비용이 없기 때문에 한동안은 여기 머물면서 아르바이트를 해야 해요."

무릎을 꿇은 채 우리의 이야기를 듣고 있던 제스터가 내 어깨를 흔들면서 말했다.

"메구밍 양, 메구밍 양, 이 불행해 보이는 소녀는 누구죠? 괜찮다면 저에게 소개해주셨으면 합니다만……."

"불행! 치, 친구는 확실히 적지만 그래도 초면인 아저씨한테서 그런 소리를 듣고 싶지는 않네요!"

"항상 손해 보는 역할만 할 것 같은 이 애는 저와 같은 고향 출신인 마법사, 융융이에요. 제가 여행을 떠난다는 사실에 자극을 받아, 자기도 수행을 위해 여행을 하고 있는 것 같네요."

제스터는 내 설명을 듣고 고개를 끄덕이더니—.

"여자애가 저를 무릎 꿇리니 엄청난 상이라도 받은 것처럼 기분 좋군요. 하지만 제 경험에 따르면 슬슬 이 광경을 본 지나가던 사람이 경찰에 신고를 했을 겁니다. 경찰 분들이 오기 전에 교회로 돌아가서 쌓인 이야기를 계속하는 게 어떨까요?"

……그렇게 말하면서 부드러운 미소를 지었다.

7

—교회의 문을 연 제스터가 말했다.

"……이건 대체 어떤 플레이죠?"

“프, 플레이가 아냐! 아쿠시즈 교단 최고 책임자, 제스터 님. 당신에게 출두 명령이 내려졌습니다. 저희와 함께 서까지 동행해주시죠.”

아쿠시즈 교회로 돌아온 우리를 맞이한 건, 여기사가 이끄는 수많은 경관들이었다.

두 경관이 제스터의 양옆에 서서 그의 두 팔을 잡더니 그대로 끌고 가려 했다.

제스터가 영문을 모르겠다는 표정을 지으며 그대로 끌려가고 있는 가운데—.

“당신들은 누구죠? 죄목도 밝히지 않고 체포하다니, 완전 횡포군요. 이 사람은 지금까지 저와 같이 있었어요. 알리바이라면 제가 증명해줄 수 있어요.”

나는 항의를 하면서 입구를 막아섰고……!

“제스터 님! 이번에는 무슨 짓을 한 거죠?! 참신한 놀이 좀 적당히 하라고 그렇게 말했잖아요!”

“에리스교의 미인 신관에게 도가 넘는 성희롱을 한 건가요?”

“저번에 『물의 여신 아쿠아 님을 모시는 나보다 풀장 감시원에 걸맞은 사람이 있을까?! 어린애! 어린애를 지켜보게 해줘!』 같은 소리를 관공서에서 한 것 때문에 잡혀가는 거 아냐?”

“『여성이 남성용 속옷을 사는 것에는 의문을 가지지 않으면서, 남자가 여성용 속옷을 사면 손가락질하는 건 남녀차별이다!』라는 연설을 한 바람에……."

나는 신자들의 말을 듣고 옆으로 물러섰다.

"길을 막아서 죄송해요."

"협력해주셔서 감사합니다."

여기사는 인사를 건넨 후, 그대로 아쿠시즈 교회에서 나가려……

"너무합니다, 메구밍 양! 이대로 저를 버리려는 겁니까?! 우리는 방금, 남들이 보는 데서 나란히 무릎을 꿇은 채 매도를 당하는 매우 참신한 플레이를 함께 즐겼던 사이가 아닙니까!"

"마, 말도 안 되는 소리 하지 마세요! 저를 한패거리로 만들지 말라고요! 완전 민폐거든요?!"

경관을 뿌리치고 나한테 매달린 제스터가 이번에는 여기사를 향해 고개를 돌렸다.

"애초에 당신들은 누구입니까? 체포는 하루에 한 번만 하기로 저와 당신들은 약속했을 텐데요? 저는 아까 경찰서에서 설교를 들었다고요!"

"언제 그런 약속을 했는데! ……제스터 님, 이제 장난은 그만 치시죠. 이번 문제는 지금까지처럼 설교 정도로 넘어갈 수 있는 게 아닙니다."

"즉, 감옥 플레이를 원한다는 겁니까?"

"아아, 정말! 당신과 이야기를 하다보면 정신이 나갈 것만 같다니깐!"

짜증이 난 여기사는 머리를 쥐어뜯으면서 말했다.

"물의 여신을 숭배하는 아쿠시즈 교단에는 이 마을 온천의 수질 관리를 맡겨왔는데……. 어제부터 이 마을의 온천 여관에서 불만이 터져 나오고 있어. 온천의 질과 관련된 불만이지."

그렇게 말한 여기사는 차가운 눈길로 제스터를 노려보았다.

"……음? 그러고 보니 산더미처럼 쌓여 있던 보고서 중에 그런 내용이 적힌 게 섞여 있었던 것 같군요. 성희……, 사교(邪教)의 신도들에 대한 방해공작과, 길 잃은 어린 양들을 권유하느라 바빠서 미뤄뒀습니다만……. 좋습니다. 저희 쪽에서도 원천(源泉)을 조사하도록 하죠."

제스터가 그렇게 말하자—.

"그럴 필요 없어."

여기사는 딱 잘라 그렇게 말한 후, 종이 한 장을 내밀었다.

"이걸 봐주실까. 현재 당신에게는 외환 유치죄(外患誘致罪) 혐의가 있어!"

"수간 수치……? 매우 저속한 죄명이군요."

"종이에 적힌 글자를 제대로 읽어! ……일전에 이 마을의 상층부가 이 마을과 돈독한 사이인 홍마족들에게서 어떤 정보를 받아왔어. 당신도 들어본 적이 있을 텐데? 홍마의 마을에 사는 뛰어난 점술사의 소문 말이야.”

홍마의 마을에 사는 뛰어난 점술사.

……그거, 혹시 소켓토를 말하는 걸까.

“『아르칸레티아에 이윽고 위기가 찾아온다. 온천에 이변이 발생한다면, 온천 관리자를 주의하라. 그 자야말로 마왕의 수하다』…… 이게 홍마족 점술사의 예언이야. 『온천에 이변이 발생한다면』…… 바로 지금 상황과 일치해. 그렇다면 현재 온천을 관리하고 있는 당신들이 마족과 손을 잡고, 이 마을으으으으윽!”

“이 계집이 무슨 소리를 하는 것이냐! 교의에 『악마는 죽어야 마땅하다』, 『마왕은 자근자근 밟아줘야 마땅하다』고 적혀 있는 아쿠시즈교를 믿는 우리가 악마와 손을 잡아?! 이 입으로 그런 바보 같은 소리를 한 것이냐! 이익, 확 뽀뽀를 해주마!”

“그, 그만해! 공무집행 방해죄와 음란죄도 더해주마! 그, 그만……, 그만하란 말이야! 너희들, 빨리 이 남자를 연행해! 빨리……! 아아앗, 안 돼. 싫어어어어엇!!”

여기사를 덮치던 제스터가 제압당하는 가운데, 다른 아쿠시즈 교도들이 경관들에게 거세게 항의했다.

겨우겨우 제스터에게서 벗어난 여기사는 울먹거리면서 말했다.

“하아……, 하아……! 바, 방금 말한 대로다! 홍마족 점술사의 예언은 지금까지 단 한 번도 틀린 적이 없지. 게다가 너희의 평소 행실을 고려해볼 때, 어느 쪽을 믿을지는 비교해볼 필요도 없어. 그러니 우선 책임자인 이 변태의 이야기부터 듣겠다. 진술 내용에 따라서는 다른 자들의 이야기도 들을 수 있으니 그렇게 알아두도록!"

서서히 마음이 진정된 여기사를 향해, 이번에는 세실리가 고함을 질렀다.

"잠깐만 있어봐! 제스터 님은 확실히 갈 데까지 간 변태이고, 목욕탕을 엿보러 올 때마다 머리를 세게 두들겨 패면 이딴 짓을 관두지 않을까, 라는 생각을 하게 만드는 분이기는 해! 그런 제스터 님이라면 몰라도, 우리가 아쿠아 님을 배신하고 마족과 손을 잡았다는 거야? 그럴 리가 없잖아! 이 젖소 여자야! 가슴에 달려있는 그 말랑말랑해 보이는 군살을 쥐어뜯어줄 테니까 좀 보여줘 봐!"

"하지 마아앗! 왜, 왜 아쿠시즈 교도는 남녀불문하고 성희롱을 해대는 거냐! 빨리 이 변태를 끌고 가! 네놈들도 잘 들어라! 이 남자의 심문이 끝날 때까지 얌전히……. 앗, 하지 마! 돼, 됐어. 이딴 곳에 더 있기도…… 아앗, 안 돼?! 하지 마아앗!"

"이건 에리스 교도의 음모다! 속지 마라! 카리스마 넘치는 나를 두려워한 그 자식들이 이 머리 나쁜 계집을 이용해, 우리를 모함하려고……!"

여기사는 상의를 벗기려 하는 세실리 때문에 울상을 지으면서도, 헛소리를 지껄이며 격렬하게 저항하는 제스터를 끌고 도망치듯 돌아갔다—.

8

제스터가 연행된 후, 교회 안에 남겨진 신자들은 망연자실한 표정을 지은 채 멍하니 서 있었다.

"맙소사……. 제스터 님께서 안 계시면 이 교단은……."

세실리는 미간을 찌푸리더니 심각한 표정을 지으면서 중얼거렸다.

"제스터 씨가 이 교단의 최고 책임자였죠? 그 사람이 없으면 어떤 문제가 발생하나요? 저도 협력할 테니, 제스터 씨가 돌아올 때까지 힘을 합쳐 이 교단을 지키죠."

내가 동요한 세실리의 등을 두드리며 격려하자—.

"하, 하지만……. ……그래, 이러고 있어봤자 아무 소용없어. 일단 제스터 님께서 평소 하시던 일을 우리가 나눠서 하는 거야……! ……저기, 제스터 님은 평소 어떤 일을 하셨어?"

어느 정도 기운을 되찾은 세실리는 다른 신자들에게 물었다.

"……참회는 전속 담당자가 듣잖아. 교단의 경리 같은 걸 하셨지 않았을까?"

"경리는 비서가 할 걸? 교회를 찾아온 부상자에게 치유마법을 걸어주는 건……. 그것도 담당자가 있잖아. 제스터 님은 항상 나돌아 다니기 때문에 마법을 쓰는 모습을 본 적이 없어."

"마을에서 연설을 하긴 하지만, 길 가는 사람들에게 교의를 설파하는 내용이 아니잖아. 남녀는 평등하니 법적으로 이 마을의 온천을 혼욕으로 지정해야 한다는 연설이었어."

차례차례 그런 소리를 한 신자들은 잠시 동안 침묵에 사로잡히더니—.

"……저기, 제스터 님은 무슨 일을 하셨어?"

세실리가 그렇게 말한 순간, 이 자리에 있는 이들 모두가 고개를 갸웃거렸다.

"메구밍 양, 해결됐어요. 제스터 님이 안 계셔도 아무 문제없어요. 소란을 일으켜 죄송해요."

"그, 그런 결론을 내려도 정말 괜찮겠어요?! 일단 당신들의 대표잖아요?! 그리고 그 기사는 아쿠시즈 교단 자체에 혐의를 씌우고 있었는데 괜찮겠어요?"

아무 일도 없었다는 듯 해산하려 하던 아쿠시즈 교도들은 내 말을 듣더니 미간을 찌푸렸다.

"그게 문제네. 제스터 님이 잡혀가는 건 자주 있는 일이니 딱히 문제가 아니야. 하지만 아쿠아 님이 질색을 하는 마족과 우리가 손을 잡았다고 생각한다는 것만으로도 불쾌해. 행실이 바른 우리한테 왜 느닷없이 이런 혐의가 씌워진 걸까?"

세실리가 그렇게 말한 순간, 어찌된 영문인지 융융이 움찔했다.

그런 융융을 보고 나는 감이 왔다.

"……융융?"

"왜, 왜?!"

융융은 상기된 목소리로 그렇게 말하면서 내 눈을 피했다.

"……아무리 제스터 씨를 생리적으로 받아들일 수 없다고 해도, 죄도 없는 사람을 고발하면 안 돼요."

"아, 안 그랬어! 고발 같은 것도 안 했고, 그 아저씨가 거북하기는 하지만 질색할 정도는 아니란 말이야……!"

융융이 당황한 목소리로 그렇게 말하자 나는 고개를 갸웃거렸다.

"그럼 왜 방금 움찔한 거죠? 그리고 자기가 실례를 한 이불을 태워서 증거인멸을 하기 위해, 서둘러 착화(着火) 마법을 습득하려고 했을 때의 제 동생과 똑같은 표정을 짓고 있잖아요."

"코멧코가 그런 짓을 하려고 했어?! 아, 아냐! 저기……. 저기 말이야……?"

융융은 양손을 모으더니 손가락을 꼼지락거리면서…….

"……실은, 홍마의 마을을 떠날 때, 점술사인 소켓토 씨한테서 심부름을 부탁받았거든? 저기……. 아르칸레티아가 위기에 빠지는 미래가 보였으니 거기에 들른다면 예언을 적은 편지를 전해달라고 해서…… 그래서……."

……그렇게 말한 후, 미안해 죽겠다는 표정으로 고개를 숙였다—.

막간 극장【3막】

―아쿠아 님, 지지 않겠어요!―

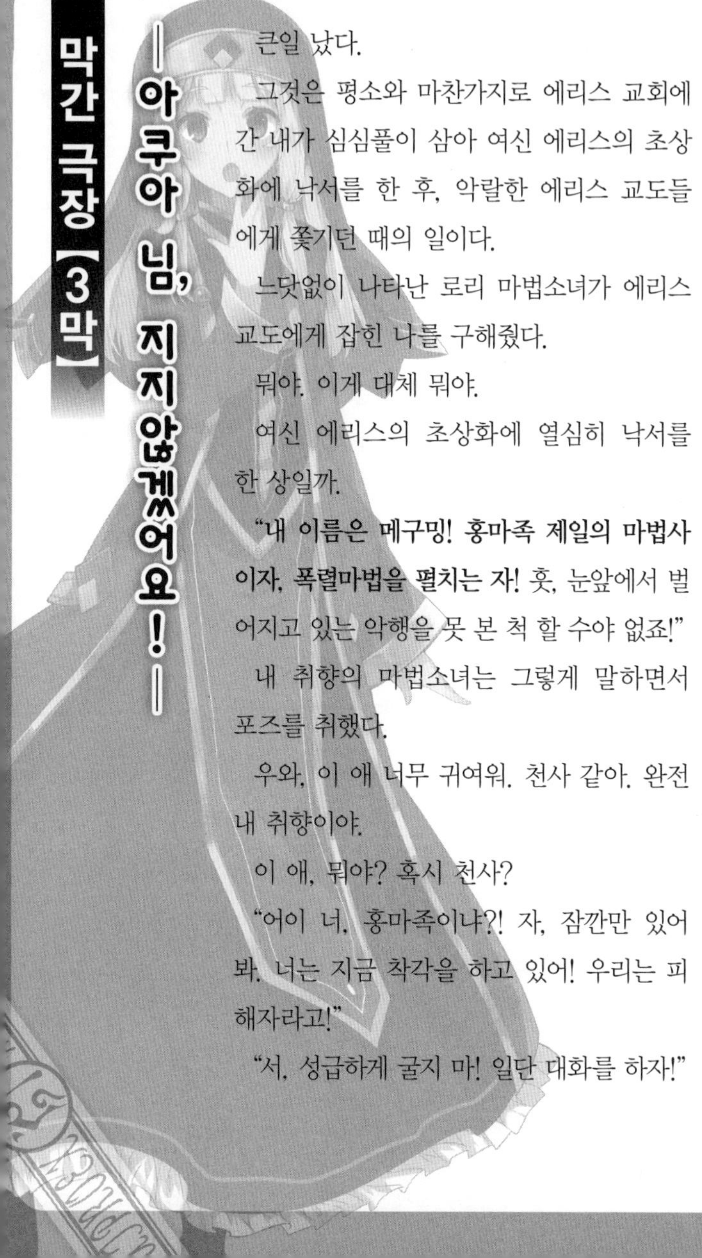

큰일 났다.

그것은 평소와 마찬가지로 에리스 교회에 간 내가 심심풀이 삼아 여신 에리스의 초상화에 낙서를 한 후, 악랄한 에리스 교도들에게 쫓기던 때의 일이다.

느닷없이 나타난 로리 마법소녀가 에리스 교도에게 잡힌 나를 구해줬다.

뭐야. 이게 대체 뭐야.

여신 에리스의 초상화에 열심히 낙서를 한 상일까.

"내 이름은 메구밍! 홍마족 제일의 마법사이자, 폭렬마법을 펼치는 자! 훗, 눈앞에서 벌어지고 있는 악행을 못 본 척 할 수야 없죠!"

내 취향의 마법소녀는 그렇게 말하면서 포즈를 취했다.

우와, 이 애 너무 귀여워. 천사 같아. 완전 내 취향이야.

이 애, 뭐야? 혹시 천사?

"어이 너, 홍마족이냐?! 자, 잠깐만 있어봐. 너는 지금 착각을 하고 있어! 우리는 피해자라고!"

"서, 성급하게 굴지 마! 일단 대화를 하자!"

두 에리스 교도는 허둥지둥 말을 늘어놨지만—.

"유감이군요! 다른 얼간이라면 몰라도, 저의 이 붉은 눈은 속일 수 없어요!"

천사 같다고 생각했는데, 진짜 천사였다.

어쩌지. 무조건 나를 믿어주다니, 너무 기뻐. 확 납치해버리고 싶어.

큰일 났어. 진짜로 큰일 났네. 완전 큰일 났다구. 이대로 있다간 남들이 보는 앞에서 확 끌어안아버릴 것 같아.

지난주에 경찰 신세를 졌으면서 또 문제를 일으킬 수는 없다.

머리를 좀 식히고 오자.

"네 그 붉은 눈은 옹이구멍이라고!"

남자 한 명이 태클을 날린 바로 그 순간……!

"그래! 우리는 이 마을의 에리스 교도…… 아앗?! 아, 아차!"

나를 잡고 있던 팔을 떨쳐낸 후, 그대로 뒷골목으로 뛰어갔다.

다행히 에리스 교도들은 나를 쫓아오지 않았다.

뒷골목에 몰래 숨자 나를 구해준 여자애는 안절부절 못했다.

귀엽다.

"어이, 너! 어떻게 책임을 져줄 거야?! 저 여자는 아쿠시즈 교도라고! 우리 교회에 있는 에리스 님의 초상화에 낙서를 했단 말이다!"

남자 에리스 교도가 고함을 지르자 그 여자애는 움찔했다.

저 남자 집의 우편함에 우뭇가사리 슬라임을 한가득 집어넣어줘야겠다.

내가 그런 생각을 하고 있을 때, 다른 한 남자도 고함을 질렀다.

"얼마 전에는 우리 교단이 굶주린 이들에게 매일같이 나눠주는 빵을 전부 강탈해갔어!"

나도 궁핍하니까 빵을 받을 권리는 있을 것이다.

특히, 애정에 굶주렸다.

미소녀 마검사를 놓쳤으니 저 로리에게 사랑을 받아야겠다.

"저저, 저기, 죄송해요……. 이, 이 마을에 온지 얼마 안 된지라……."

그 여자애가 당황한 목소리로 그렇게 말하자 에리스 교도들이 그녀에게 따지고 들려했다.

그 모습을 본 나는 반사적으로 주위를 둘러보았다.

나는 오랫동안 이 마을에서 치열한 혈전을 벌여왔던 그 사람에 대해 잘 알고 있다.

그 사람이라면 이 시간대에 순찰을 돌고 있을……. 아, 저기 있다!

그 사람의 팔에 매달린 나는 눈물을 흘리며 호소했다.

"부탁이에요, 도와줘요! 에리스 교도가!! 나를 쫓던 에리스 교도가, 갑자기 지나가던 어린 소녀에게 나쁜 짓을 하려고 해요……!"

"에리스 교도가?! 아, 아니, 그들이 그런 짓을 할 리가……."

그런 미심쩍은 목소리를 들으면서도…….

나는, 에리스 교도들은 손가락으로 가리키며 고함을 질렀다.

"경찰 아저씨, 저기예요!"

—아쿠아 님. 저, 지지 않겠어요!

제4장
마의 도시의 구세주들

1

다음 날 아침.

교단에 머문 나와 융융은 아쿠시즈 교도들이 모여 있는 성당 쪽으로 향했다.

"잘 들어요. 융융은 마을 사람에게 부탁받은 심부름을 했을 뿐이니 마음에 둘 필요 없어요. 그러니 당당하게 행동하세요."

"아, 알았어! 나, 나는 편지를 전달했을 뿐이잖아. 그 아저씨가 심문을 당하더라도, 저기……. 으, 응……. 나와는 상관없어!"

융융은 잠시 동안 망설인 후, 고개를 치켜들었다.

제스터가 연행되고 이 애는 그게 자기 탓이라 생각했지만…….

"바로 그거예요. 그리고 평소 행실이 좋았다면 경관들도 그의 말에 귀를 기울여줬을 거예요. 그런데 바로 연행된 건 그 사람의 자업자득이기도 해요. 게다가 무죄라면 금방 돌아올 테니 신경 쓸 필요 없어요."

"그, 그래! 알았어. 교단 사람들이 나를 비난해도, 설령 무슨 짓을 당해도! 무조건 세게 나갈 거야!"

융융이 그렇게 말한 후, 각오를 다진 것처럼 힘차게 교회의 문을 열자—.

"어머. 좋은 아침이야, 메구밍 양, 융융 양. 잘 잤어?"

머리에 까치집이 생긴 세실리가 아침 식사를 하고 있었다.

"좋은 아침이에요. ……언니 혼자서 교회를 지키고 있나요? 다른 아쿠시즈 교도 분들은 어디 갔죠?"

"다른 분들이라면 나갔어. 이대로 있다간 제스터 님이 최고 책임자의 자리에서 물러나게 되잖아. 그럼 새로운 책임자를 정해야 하지 않겠어? 최고 책임자는 아쿠시즈 교도의 투표로 정해져. 그래서 다들 선거 활동에 힘쓰고 있어."

……선거 활동.

"저, 저기……. 선거 활동을 하기 전에, 제스터라는 분이 무죄라는 걸 밝히기 위한 조사는 하지 않는 건가요?"

"응? 왜 우리가 그렇게 귀찮고 재미도 없는 짓을 해야 하는데? 진짜로 무죄라면 얼마 안 가서 돌아오실 거야. 그리고 돌아오지 않으셔도 돼. 다 같이 이야기를 해본 결과, 제스터 님이 안 계신 편이 여러모로 나으니까, 그냥 이대로 두기로……."

"진심인가요, 세실리 씨? 점술사의 편지를 전달했던 제가 이런 말을 하는 것도 좀 그렇지만, 정말 그래도 괜찮겠어요? 안 구해도 괜찮은 거예요?"

융융은 달걀 프라이를 먹고 있는 세실리를 마구 흔들어대면서 당황한 목소리로 말했다.

아까 자기 입으로 세게 나가겠다고 말했지만 역시 죄책감을 느끼고 있는 것 같았다.

"끄러찌만…… 아직 경찰 분들이 조사를 하고 있는 단계이고, 제스터 님이 온천수를 관리하고 있는 것도 사실인데다, 실제로 온천여관 측에서 불평불만이 터져 나오고 있는 것도 사실이라구. 그러니 제스터 님을 조사해서 유죄인지 무죄인지 확실하게 밝히는 편이 좋을 거야."

세실리는 입을 우물거리면서 말했다.

"게다가—."

그리고 입안에 있는 음식을 삼킨 후 말했다.

"그 홍마족 점술사가 한 예언은 백발백중이라면서? 미래를 내다본다는 수상쩍은 악마의 힘을 일시적으로 빌려서 엄청난 정확도의 점을 친다고 들었어. 평소 같으면 한낮까지 잠이나 퍼질러 자는 딴 사람들이 아침 일찍부터 활동을 하는 것도 무리는 아니라니깐."

너, 너무해.

"확실히 소켓토의 예언은 거의 다 들어맞지만……. 한 명 정도는 제스터 씨가 무죄라고 믿어줘도 괜찮지 않을까요……. 아, 그래도 언니는 대단하네요. 혼자만 선거 활동을 하러 가지 않고 이렇게 남아 있잖아요."

"아, 나 말이야? 제스터 님이 체포당한 걸 기념해 밤늦게까지 술을 퍼마셨더니 이제야 일어났어. 나도 이걸 다 먹고 나면 마을에……."

"너무해요! 저기, 메구밍! 어쩌면 좋을까?! 내가 편지를 전달한 탓에 이런 사태가 벌어질 줄은 꿈에도 몰랐다구……!"

융융은 울상을 지으며 안절부절 못했지만, 교단 사람들이 제스터를 구할 생각이 없다면 손쓸 도리가 없다.

하아. 아까까지는 자신과는 상관없는 일이라고 했으면서…….

"괜찮아, 융융 양. 제스터 님이라면 지금쯤 여기사에게 심문을 받으면서 기뻐하고 계실 거야. 좋은 시간을 보내고 계신 제스터 님을 방해할 수는 없지. 그것보다 아르바이트 비 많이 줄 테니까, 이 언니에게 협력하지 않을래? 나는 지금까지 저질렀던 일들 때문에 대부분의 마을 사람들이 내 얼굴을 알고 있거든. 그러니 그냥 말을 걸어봤자 경계할 게 뻔해. 하지만 너라면……!"

"저한테 무슨 일을 시키려는 거죠?! 메구밍도 뭐라고 말 좀……!"

"아르바이트 비는 얼마나 줄 거죠?"

"글쎄……. 나한테 투표하는 사람이 한 명 늘어날 때마다 1만 에리스 씩……."

"…………."

"잠깐만요! 안 할게요! 융융, 안 할 테니까 마법을 영창하지 말아주세요!"

"이, 이 언니 몫의 햄을 한 조각 나눠줄게! 그러니까 진정해~!"

2

분노한 융융을 진정시킨 후, 그녀와 함께 마을을 돌기 시작하고 한 시간이 지났을 즈음…….

계속 앞장서서 걷던 융융이 할 말이 있다는 얼굴로 나를 돌아보았다.

"메, 메구밍…… 저기……."

"……흥분한 나머지 아쿠시즈 교단의 교회에서 뛰쳐나오기는 했지만, 딱히 갈 곳이 있는 것도 아닌데다 어쩌면 좋을지도 모르겠죠?"

"……응."

융융은 얼굴을 새빨갛게 붉히더니 부끄러워하면서 살며시 고개를 끄덕였다.

"메구밍 양, 융융 양에게 화내지 마! 부끄러운 나머지 새빨개진 얼굴 좀 봐! 아아, 정말! 너무 귀여워! 왜 이렇게 귀여운 거야?! 걱정하지 마, 이 언니는 네 편이야! 그러니 이제부터는 편하게 세실리 언니야~ 라고 불러도 돼!!"

어찌된 영문인지 우리를 따라온 세실리가 감격에 찬 표정으로 융융을 끌어안았다.

나는 그런 세실리에게 말했다.

"저기, 언니. 뭐 하나 물어봐도 될까요?"

"세실리 언니야~ 라고 불러줘!"

"언니. 물어볼 게 있는데 말이죠……. 그 여기사 분이 말했잖아요? 아쿠시즈 교단에서 원천을 관리하고 있으며, 어제부터 마을의 온천여관에서 불평불만이 쏟아져 나오고 있다고요."

"응. 나는 과거를 돌아보지 않기로 맹세한 여자이기 때문에 기억은 나지 않지만 그런 불만이 접수되기는 했던 것 같아."

이 언니, 정말 괜찮은 걸까.

"그, 그러니 말이죠. 우선 불만을 제기한 온천여관을 둘러볼까 해요. 온천에 문제가 발생했더라도, 어쩌면 홍마족 점술사의 예언이 가리키는 이변과는 상관이 없을지도 모르잖아요. 우선 어떤 문제가 일어난 것인지 조사해보죠. 사건이 아니라 단순한 사고일지도 몰라요."

"……그래. 뭐, 나는 제스터 님이 진범이라는 데 만 에리스 걸 수 있지만 말이야!"

"세, 세실리 씨, 너무해요!"

여전히 세실리에게 안겨있던 융융이 얼굴을 새빨갛게 붉히면서 그렇게 외쳤다.

하지만 우선 어느 온천여관부터 가볼지…….

……어?

"저쪽에서 다투고 있는 것 같은데, 무슨 일이 난 걸까요?"

"응~? 어머, 저기 있는 사람들은 우리 교단의 사람들이네."

우리의 시선이 향하고 있는 그곳에는 교회에서 봤던 남자가 서 있었다.

“—설마 이런 일이……. 확실히 제스터 씨는 예전부터 문제만 잔뜩 일으키긴 했어. 하지만 마왕군과 내통을 하다니…….”

“심정은 이해합니다. 저희 아쿠시즈 교도가 얼마나 성실한 이들인지 아시는 만큼, 믿기지가 않으시겠죠!”

“아니, 믿기지 않는 건 아냐. 뭐, 너희라면 그러고도 남을 거라고 전부터 생각했다고…….”

이야기를 듣자하니 제스터가 잡혀간 일에 대해 이야기하는 것 같았다.

하지만 대화 내용이 조금 이상했다.

“저는 같은 아쿠시즈 교도로서 부끄럽습니다! 제스터 님…… 아니, 제스터가 실추시킨 교단의 신용을 어떻게든 회복시키고 싶습니다!”

“제스터 님이 있든 없든, 아마 변함없을 것 같은데 말이야. 그것보다 이제 그만 놔주지 않겠어? 밭에 물을 주러 가야하거든…….”

아무래도 아쿠시즈 교도인 저 오빠가 길 가던 농부 아저씨를 잡고 설법을 하고 있는 것 같았다.

“밭에 물을 주러 가야 한다고요?! 그 물이 어디서 왔는지 알기는 하는 겁니까?! 바로 물의 여신 아쿠아 님의 가호를 받아, 비가 되어 하늘에서 내려온 겁니다. 이 마을이 어떤 마을이죠? ……바로 물과 온천의 도시 아르칸레티아! 아쿠아 님께서 수호하시는 마을이에요! 즉, 이 마을 주민이라면 아쿠시즈교에 입교하는 것이 의무라고 할 수 있죠! 자, 당신도 아쿠시즈 교단에……!"

"아, 나는 아쿠시즈 교도야. 항상 아쿠아 님께 감사드리고 있지."

"아, 그러셨습니까. 그럼 길게 말할 필요가 없겠군요. 제스터 님께서 잡혀가셨기에, 다음 최고 책임자를 뽑게 되었습니다. 그리고 최고 책임자는 투표 방식으로 정해지죠. 투표권은 모든 아쿠시즈 교도에게 존재합니다. 그러니 말이죠……."

이야기가 매우 수상쩍어지기 시작했다.

"에리스교의 미인 프리스트가 뒤뜰에 널어놨던 속옷이 여기 있습니다. ……제가 하고 싶은 말이 뭔지 아시겠죠?"

"……자네도 상당한 악당이네. 역시 아쿠시즈 교도답다고 해야 되려나?"

그 오빠는 어이없어 하는 아저씨가 보는 앞에서 속옷을 쭉쭉 늘리며 말했다.

"흐음, 그렇게 나오실 겁니까? 그럼 이 속옷은……."

"아아, 어딘가에 내가 투표할 만한 아쿠시즈 교도는 없는 건가……. 어이쿠, 이렇게 만나게 된 것도 인연이지. 자네의 이름을 가르쳐주지 않겠나?"

“제 이름 말입니까. 어이쿠, 필기구는 있는데 종이가 없군요. ……마침 잘됐네요. 그럼 이 속옷에 이름을 적어서 명함 대신 드리죠!”

“명함 대신이라면 어쩔 수 없지! 흐음, 흐음……. 좋아, 기억해두겠어! 나도 자네 같은 사람이 아쿠시즈 교단에 나타나기를 예전부터 바라고 있었어……!”

아저씨와 오빠는 환한 미소를 지으며 말했다.

““여신 아쿠아의 축복이 그대와 함께하기를!””

나와 세실리는 목소리가 하모니를 이루는 그 두 사람을 등 뒤에서 확 밀어버렸다.

이야기를 들어보려고 몰래 다가간 우리가 별안간 기습을 가하자, 그 두 사람은 그대로 넘어지고 말았다.

“뭐, 뭐하는 거야?!”

“이익, 에리스 교도의 습격인가?! 어, 세실리?! 뭐하는 거야! 모처럼의 득표 찬스를 방해하지 말라고!”

지면에 쓰러진 두 사람은 몸을 벌떡 일으키더니 항의했다.

“뭐하는 거냐고요?! 그건 제가 할 말이에요! 제스터 씨가 잡혀가셨는데, 당신이야말로 대체 뭘 하는 거죠?!”

“메구밍의 말이 맞아요! 제스터라는 사람은 같은 교단에 소속된 동료 아닌가요?! 동료가 잡혀갔는데, 당신은 이런데서 팬티를 움켜쥔 채 뭘 하고 있는 거냐고요! 너, 너무 한심하네요! 자, 세실리 씨도 한마디…….”

“그 속옷은 내 거잖아! 뭐가 에리스교 미인 프리스트의 속옷이냐구! 정정해! 아쿠시즈교 미인 프리스트의 속옷이라고 정정하란 말이야! 돌려줘! 그리고 만약 그 팬티를 가지고 싶으면 나한테 투표해!”

이 사람은 교회에 두고 오는 편이 좋았을지도 모른다.

세실리가 남자들의 멱살을 잡는 모습을 보며 나는 불길한 예감을 마구 느끼고 있었다.

3

“트리스탄에게! 아쿠시즈 교단의 경리를 담당하는 트리스탄에게! 오랫동안 교단을 이끌어온 이 트리스탄에게, 깨끗한 한 표를 부탁드립니다!”

불길한 예감은 들어맞았다.

내 눈앞에서 통행인들을 향해 큰 목소리로 그렇게 외쳐대고 있는 이는 비서처럼 제스터의 옆에 서 있던 언니였다.

“제가 아쿠시즈 교단의 최고 책임자가 된다면, 지금부터 말씀드리는 공약을 반드시 이뤄내겠습니다! 첫 번째! 일부다처제의 합법화! 두 번째! 결혼 가능한 연령을 더욱 낮추기!”

제스터에게 가장 충성하는 것처럼 보였던 그 사람은…….

“세 번째!! 진정으로 사랑하기만 한다면, 친남매라도…….”

“안 돼요! 바보 같은 소리 좀 그만 하라고요!”

"당신들은 벌건 대낮에 무슨 소리를 하고 있는 거죠?!"

부리나케 몸을 날린 나와 융융에게 간단히 제압당했다.

"뭐하는 거야? 왜 제 선거 활동을 방해……, 앗?! 설마, 에리스 교도……."

"그딴 소리는 이미 질리도록 들었다고요! 그리고 제발 부탁이니까 더는 문제를 늘리지 말아줘요!"

제스터의 비서였던 이 언니가 열 번째였다.

그것은 우리가 선거 활동이라는 명목으로 민폐 행위를 벌이는 아쿠시즈 교도를 막은 횟수였다.

"이런 이상한 활동은 하다못해 제스터 씨가 유죄라는 게 확정된 후에 하세요. 당신 이외의 사람들은 이미 교회로 돌아갔어요. 그러니 오늘은 얌전히 있어 주세요."

"……나는 제스터 님이 유죄라고 생각해. 뭣하면 제스터 님이 유죄라는 쪽에 만 에리스를 걸 수도……."

"그 말도 이미 질리도록 들었어요! 자, 빨리 교회에 틀어박혀 있어요! ……하아, 정말! 이래서야 조사도 제대로 할 수가 없잖아요!"

마을 안에서는 아쿠시즈 교도들이 다양한 수단을 동원해 표를 얻으러 다니고 있었다. 그 탓에 아르칸레티아의 치안은 심각할 정도로 나빠졌다.

뇌물을 뿌리는 자, 협박을 하는 자.

그 뿐만 아니라 미인계나 사기를 치는 이도 있었다.

그 중에는 어떻게 입교시킬 생각인지는 모르지만, 개와 고양이를 모으는 이마저 있었다.

—나와 융융은 공원 벤치에 주저앉듯 걸터앉았다.

"아쿠시즈 교도들은 왜 하나같이 기운이 넘치는 걸까요……."

"나, 홍마의 마을에 돌아가고 싶어졌어……."

우리가 고개를 푹 숙인 채 힘없는 목소리로 그렇게 중얼거리고 있을 때—.

"많이 기다렸지?! 차가운 우뭇가사리 슬라임이야! 매끄러운 식감이 끝내주니까 한번 마셔봐! 이 언니가 한턱 쏘는 거야! 그리고 아쿠시즈교에 입교한 후에는 뭘 해야 하는지 알고 있지?"

여전히 기운이 넘치는 세실리가 음료수를 들고 왔다.

우뭇가사리 슬라임이 뭘까?

왠지 마시기 껄끄러운 음료수다.

나와 융융은 머뭇거리면서 그 음료수를 받았지만 둘 다 같은 생각인지 입에 대지는 않았다.

"……뜻밖의 방해 탓에 시간 낭비를 하고 말았군요. 그래도 이제 슬슬 온천여관에 이야기를 들으러 가볼까요. 대체 무슨 일이 일어나고 있는 건지 알아보자고요."

4

온천여관에 찾아간 우리는 뜻밖의 이야기를 들었다.

"……우뭇가사리 슬라임."

"그래. 우뭇가사리 슬라임이야. 차갑게 식히면 굳고, 매끄러운 식감을 지닌 맛있는 그거 말이야. 온천의 수도꼭지를 틀면 어찌된 영문인지 우뭇가사리 슬라임이 나온다고."

—그렇다고 한다.

수도꼭지를 틀면 맛있는 음료가 나오는 것이다.

……이게 마왕의 부하들이 이 마을을 박살내기 위해 벌이고 있는 파괴 공작이야?

아까까지는 의욕이 없어보이던 세실리가 갑자기 눈을 반짝이며 앞으로 나섰다.

"그렇다면 현장을 꼭 봐야할 것 같군요. 그래요. 항의를 받은 아쿠시즈 교단에 소속된 이로서 면밀하게 조사를 해봐야겠어요!"

"그, 그래……? 그럼 따라와……."

"참고로 무슨 맛이죠?! 수도꼭지에서 나오는 우뭇가사리 슬라임은 무슨 맛인가요?!"

"포, 포도 같은데……."

"그거 끝내주는 군요! 뭐니 뭐니 해도 우뭇가사리 슬라임은 포도 맛이 최고죠!"

흥분한 세실리는 안내를 받는 건 고사하고, 아예 여관 주인을 질질 끌고 가며 안쪽으로 향했다.

……이 사람, 목적을 잊은 게 아닐까?

"—너무해, 메구밍 양! 융융 양도 마찬가지야!! 수도꼭지를 돌리면 우뭇가사리 슬라임이 나오는 건, 이 마을 사람이라면 누구나 꿈꾸는 일이라구! 그런데 맛도 못 보게 하다니……!"

"목욕탕 수도꼭지에서 나오는 정체불명의 음료수 같은 걸 마시면 안 돼요. 독이라도 들었으면 어떻게 할 거냐고요. ……아니, 그것보다 우뭇가사리 슬라임이라는 건 대체 뭐죠? 맛있는 야생 몬스터인가요?"

온천여관에서 나온 우리는 아직도 투덜거리고 있는 세실리를 데리고 어떤 장소로 향했다.

여관 주인이 안내해준 곳에 설치된 수도꼭지에서는 진짜로 우뭇가사리 슬라임이 나오고 있었다.

그리고 그 광경을 보면서 흥분한 세실리를 우리가 억지로 잡아끌며 여관에서 나온 것이다.

"우뭇가사리 슬라임은 식용 슬라임의 한천(寒天)을 모아서 말린 후, 맛을 첨가해서 가루로 만든 거야. 뜨거운 물에 타서 잠시 놔두면 말로 설명하기 힘든 끈기를 지녀. 그리고 식히면 굳어버리는 탱글탱글 음료라구."

나와 융융은 서로를 쳐다보았다.

아무래도 이 사태가 사고일 가능성은 없어 보였다.

누군가가 원천에 우뭇가사리 슬라임 가루를 뿌려서, 여관의 수도꼭지를 틀면 우뭇가사리 슬라임이 줄줄 나오게 만든 것이다……!

……정말 얼간이 같은 방해공작이다.

“저기, 어처구니가 없어져서 그러는데, 이제 그만 돌아가도 될까요?”

“잠깐만! 마음은 이해하지만, 이게 진짜로 소켓토 씨가 예언했던, 온천의 이변이라면…….”

그렇다. 진짜로 어처구니가 없기는 하지만 소켓토의 예언은 거의 틀린 적이 없었다.

그렇다면 이딴 짓을 벌인 범인은 제스터인 게 되는데…….

“어쩔 수 없군요. 그럼 이 마을에 온천수가 공급되는 장소를 살펴보러 갈까요.”

—이 마을 뒤편에는 원천이 샘솟는 산이 있다.

그리고 그 원천에서 파이프를 이용해 물을 끌어와, 마을에 공급하고 있는데…….

“여기가 산에서 끌어온 원천을 마을의 온천여관에 순환시키는 공급소야! 그리고 이 시설을 아쿠시즈 교단이 장악하고 있기 때문에, 이 마을에서 우리가 무슨 짓을 해도 용서 받는 거라구!"

"진짜 이 교단은 어처구니가 없네요. ……뭐, 그래서 이렇게 규탄을 당하고 있는 거겠지만요."

세실리는 이 마을에 온천수를 공급하는 커다란 시설로 우리를 안내했다.

이 설비의 청소와 온천수의 정화 등은 평소 아쿠시즈 교단 사람들이 교대로 하고 있었다.

하지만 어제는 어찌된 영문인지 제스터가 청소를 했다.

그것이 혐의를 받고 있는 이유 중 하나였다.

우리가 도착해보니 그곳에는 먼저 온 이들이 있었다.

"……음, 아쿠시즈 교도군. 한 발 늦었구나. 이미 증거는 회수했다."

그곳에는 몇 명의 경찰관이 있었다.

그들은 하나같이 손에 커다란 봉투를 들고 있었다.

"그 봉투 안에 우뭇가사리 슬라임의 가루가 들어 있었나요? 그렇다면 진짜로 제스터 씨가 이런 바보 같은 짓을……?"

"그래. 어젯밤에 제스터 님이 이 봉투를 들고 시설에 들어가는 모습을 본 목격자도 확보했지. 증거는 산더미처럼 있어. 이제 더는 발뺌 못하겠지."

……목격자도 있다면, 더는 부정하지 못할 것이다.

하지만—.

"제스터 씨는 왜 그런 바보짓을 한 걸까요? 솔직히 말해 온천수를 우뭇가사리 슬라임으로 바꾸는 건 엄청 얼간이 같은 파괴공작이잖아요."

"그래. 우리도 이런 짓을 한 이유는 전혀 알지 못해. 온천을 엉망으로 만들고 싶다면 독이라도 푸는 편이 낫겠지. 하지만 범인이 아쿠시즈 교도라면 충분히 납득이 돼."

찍소리도 할 수가 없었다.

이 교단의 괴짜들이라면 왜 그런 바보짓을 했냐고 물어도, 재미있을 것 같아서 그랬다고 대답할 것 같았다.

"말도 안 돼……. 이상한 사람이라고 생각했지만, 이런 짓을 할 정도의 악인으로 보이지는 않았는데……."

제스터의 혐의를 벗기기 위해 최선을 다했던 융융도 약간 풀이 죽었다.

그런 와중에 세실리는—.

"이 시설에 우뭇가사리 슬라임을 투입했다면, 이곳의 수도꼭지에서 나오는 우뭇가사리 슬라임은 깨끗하겠네. 저기, 혹시 컵 가진 사람 없어? 그리고 프리즈 마법을 쓸 수 있는 사람이 있으면 좀 도와줘."

……아쿠시즈 교도는 정말 골 때린다니깐.

5

“결국 아무것도 못했네요. 하지만 제스터 씨가 이런 짓을 저지를 줄은 몰랐어요…….”

시설에서 나온 후—.

우리 셋은 약간 풀이 죽은 채 터벅터벅 걷고 있었다.

“……응. 그 아저씨는 진짜로 마족과 연관이 있는 걸까? 그렇게 보이지는 않았는데…….”

융융 또한 제스터와 몇 마디 이야기를 나눴었다.

그런 사람이 마왕군의 관계자라는 사실을 알고 꽤 충격을 받은 것이리라.

그리고 우리 중에서 가장 충격을 받았을 세실리는 안타까운 목소리로 중얼거렸다.

“증거품이라서 마시면 안 된다니……. 그렇게 잔뜩 있는데, 안 된다더라구…….”

이 사람은 우리와 다른 이유로 풀이 죽었다.

“이미 지나간 일이니 어쩔 수 없죠. 마왕의 수하이자 범죄자라고 해도, 뿌리까지 썩어빠진 악당은 아닐 거라고 생각해요. 분명 죄를 뉘우친 후에 돌아오겠죠.”

“외환 유치죄는 사형으로 다스릴텐데…….”

융융이 그런 무시무시한 소리를 하자, 그 말을 들은 나와 세실리의 볼을 타고 식은땀이 흘러내렸다.

—바로 그때였다.

"그래서 제가 말했지 않습니까! 경건한 아쿠시즈 교도인! 바로, 제가! 그래요, 바로 제가 말이죠! 아쿠시즈 교단 최고 책임자인 제가, 마족 따위와 손을 잡을 리가 없지 않습니까!"

"죄송합니다, 제스터 님! 이쯤에서 화를 푸시죠……."

걸음을 옮기고 있는 우리의 앞쪽에서 귀에 익은 목소리가 들려왔다.

그곳을 쳐다보자—.

"제스터 님?!"

"사과한다고 뭐든 용서받을 수 있다면 당신들의 일자리는 없어져도 되겠군요! 일자리가 없어져서 실업자가 된다면, 언제든 저희 교단을 찾아오……. 아, 세실리 양이 아닙니까. 이런 곳에서 뭘 하고 있는 거죠? 아, 제가 석방될 때까지 기다리고 있었던 거군요!"

기세등등한 제스터가 고개를 푹 숙인 여기사와 함께 서 있었다.

"제스터 씨? 어째서 이런 곳에 있는 거죠……? 그리고 석방이라니……."

내가 그렇게 중얼거리자 제스터는 방금 자신이 나온 건물을 손가락으로 가리켰다.

"이런 곳? 여기는 경찰서입니다만? 그리고 왜 석방되었냐면 제가 무죄라는 사실이 증명되었기 때문이죠."

""""예엣?!""""

"왜 그렇게 놀라는 겁니까? 제가 그런 바보 같은 죄를 지을 리가 없지 않습니까. 자, 당신도 제가 무죄라는 사실을 증명해주시죠."

제스터가 그렇게 말하자 여기사는 고개를 푹 숙인 채 말했다.

"……저희의 착오로 경건한 아쿠시즈 교도이신 제스터 님을 체포해 정말 죄송합니다……."

조사 도중에 대체 무슨 일이 있었던 걸까.

"너희도 빨리 정렬하도록! 제스터 님께서 돌아가신단 말이다!"

"아……, 예! 정말 죄송합니다, 제스터 님!"

"다, 당치도 않은 실수를 저질렀습니다……!"

여기사가 그렇게 말한 순간, 경찰서 안에서 경찰관 몇 명이 뛰어나왔다.

그 중에는 우리에게 증거가 산더미처럼 있다고 말했던 이도 있었다.

그렇게 자신만만하게 증거가 있다고 떠들어댔던 사람이 왜 태도를 바꾼 거지?

"거짓말을 꿰뚫어보는 마도구를 잘난 척 하며 가지고 왔던, 그 안경 쓴 검찰관! 그 분에게도 저를 대신해 감사 인사를 해주십시오! 그 분 덕분에 혐의를 벗었으니까요! 자신감에 가득 차 있던 그 냉혹한 얼굴이 점점 울상으로 변하는 모습은 정말 끝내줬죠!"

"크윽……! 그, 그 검찰관은 곧 액셀 마을로 전근을 가게 될 예정입니다. 아무튼 제스터 님을 불쾌하게 해드려, 정말 죄송……."

여기사는 분해 죽겠다는 표정을 지으며 고개를 숙였고, 그 모습을 본 나는 뭐가 어떻게 된 것인지 감이 왔다.

큰 마을의 경찰서에는 거짓말을 꿰뚫어보는 마도구가 구비되어 있다.

제스터가 아까부터 기세가 등등한 건, 아무래도 그것 때문인 것 같았다.

"호오, 그런가요. 그거 아쉽군요! 액셀 마을에 가서도 착하고 올바른 인간을 잡아 누명을 씌우지는 말아줬으면 한다고 전해주시죠."

"아, 알았습니다……."

제스터는 여기사와 경찰관들에게 배웅을 받으며 우리 옆에 서더니 입을 열었다.

"그럼 저는 이만 가보겠습니다. 당신들 때문에 제 귀중한 시간을 허비하고 말았군요. 진짜로 어떻게 해줄까요. 원래라면 땅바닥에 엎드려서 제 발가락을 날름날름 핥게 해야 하겠죠. 하지만 저는 관대하니 이 정도로 용서해드리겠습니다."

"……과, 관용을 베풀어주셔서, 저, 저저, 정말 감사합니…….”

콧대가 하늘을 찌를 듯한 제스터는 깊이 고개를 숙인 여기사의 머리 위에 손에 쥐고 있던 부채처럼 생긴 물건을 얹더니—.

“가슴만이 아니라 이쪽도 성장했으면 좋겠군요!”

희열에 찬 미소를 지은 후 뒤돌아섰다.

여기사는 어금니를 깨물더니 죽일 듯한 눈빛으로 제스터의 등을 쳐다보았다…….

6

교회로 향하는 도중—.

“여러분에게 걱정을 잔뜩 끼쳤군요. 그리고 세실리 양이 저를 마중 올 줄은 꿈에도 몰랐어요.”

네 명으로 늘어난 우리는 해가 진 마을 안을, 아까와는 달리 밝은 분위기 속에서 걷고 있었다.

“당연하잖아요! 저, 세실리는 제스터 님이 무죄일 거라고 믿고 있었답니다! 오늘도 꼭두새벽부터 경찰서 앞에서 기다리고 있었어요!”

어젯밤에는 제스터가 체포된 걸 기념하여 술까지 마셔댔던 세실리가 거짓말을 하며 미소를 지었다.

이, 이 사람은 정말……!

나와 융융이 도끼눈을 뜨고 있다는 사실을 눈치챈 세실리는 미소를 지으며 내 손을 잡더니, 뭔가를 쥐어주면서 고개를 끄덕였다.

으, 음……. 입막음용 돈인가.

나는 고결한 홍마족.

그렇다. 긍지 높은 홍마족이다.

이런 거에 흔들릴 만큼 값싼 여자가 아니지만, 일단 금액만이라도 확인…….

"저, 저기, 세실리 씨? 왜 우뭇가사리 슬라임 가루를 제 손에 쥐어주시는 거죠? 이러는 의도를 전혀 모르겠는데요……."

나와 마찬가지로 세실리가 뭔가를 쥐어준 듯한 융융이 난처한 목소리로 그렇게 말하자, 나는 쥐고 있던 가루를 버렸다.

"여러분, 장난은 그만 치시고 서둘러 돌아가죠. 교단에 있는 이들도 저를 걱정하고 있을 테니까요. 참, 경찰서에서 이야기는 들었습니다! 제가 체포당하고 교단 사람들이 마을에서 마구 날뛰는 바람에 치안이 나빠졌다던데……. 혹시 저를 석방하라고 항의 폭동이라도 한 겁니까? 정말, 여러분의 마음은 감사하지만 다른 분들에게 폐가 될 만한 행위는 자제하시지 그랬어요."

아까부터 미소를 짓고 있던 제스터는 싫지 않은 기색을 드러내며 그렇게 말했다.

나와 융융이 무심코 고개를 돌린 가운데—.

"뭐, 그래도 저는 다른 분들의 마음이 이해가 되지 않는 건 아니에요! 저도 제스터 님이 끌려가신 날 밤에는 너무 슬퍼서 밤늦게까지 술을 마셨거든요!"

—세실리는 능청스럽게 그런 소리를 해댔다.

그냥 이 언니가 하고 싶은 대로 하게 내버려두자.

괜한 소리를 했다가 나중에 보복을 당할 것 같았다.

하지만—.

"하지만 결국 문제는 해결되지 않았군요. 누군가가 온천에 우뭇가사리 슬라임을 투입한 건 분명한데……."

내가 그렇게 중얼거리자 제스터는 고개를 갸웃거리면서 입을 열었다.

"확실히 이 사건을 벌인 범인은 찾지 못했군요. 그러고 보니 홍마족 점술사의 예언에 따르면, 마왕의 수하가 관여하고 있는 것 같은데……."

융융은 복잡한 표정을 지으며 말했다.

"하지만 마왕의 부하나 되는 인물이 이런 얼간이 같은 짓을 할까요? 온천에 우뭇가사리 슬라임을 탔다고요. 마왕의 부하라면 악마 같은 거잖아요? 그런 존재가 이런 어린애 같은 장난을 칠 것 같지는 않은데요……."

바로 그때, 이야기를 듣고 있던 세실리가 말했다.

"이건 아쿠아 님께서 내려주신 상이 아닐까? 수도꼭지에서 우뭇가사리 슬라임이 나오는 거잖아. 내가 어릴 적에 꿈꿨던 일이라구."

"……언니가 범인인 건 아니겠죠?"

"그런 아까운 짓을 할 리가 없잖아. 온천에 넣을 양이 있으면 혼자 독차지할 거야!"

내가 세실리를 쳐다보며 어이없어 하고 있을 때, 옆에서 걷고 있던 제스터가 평소와 달리 진지한 표정을 짓고 있었다.

"……마왕의 부하. ……악마. ……으음. 이 마을에서 예전부터 희미하게 느껴지던 이 냄새. 설마, 이건 악마향……?"

"제스터 씨, 왜 갑자기 굳은 표정을 짓는 건가요? 악마라는 단어를 듣고 갑자기……."

고민에 잠긴 제스터를 바라보던 융융은 갑자기 우리의 뒤편을 쳐다보더니, 가슴이 철렁한 표정을 지었다.

융융의 반응이 신경 쓰인 나도 뒤를 돌아보았고—.

그곳에 있던 인물을 본 순간, 발치에 있던 촘스케를 내려다보며 입을 열었다.

"이런 곳까지 따라온 걸 보면, 너를 꽤 사랑하나 보네요."

—그 인물은 바로 로브를 깊게 눌러써서 뿔을 감춘 여자 악마.

입가에 옅은 미소를 머금은 아네스였다.

7

옅은 미소를 머금은 아네스는 나와 융융을 재미있다는 듯이 쳐다보고 있었다.

춈스케를 안아들며 물러선 나는 융융의 옆에 섰다.

"……오래간만이네. 그리고 지난번에는 정말 신세 많이 졌어."

"메구밍 양, 융융 양, 이 발칙한 옷차림을 한 아가씨는 대체 누구죠?!"

제스터가 어이없는 소리를 하는 가운데, 아네스는 입가를 일그러뜨렸다.

융융은 허리에 찬 지팡이를 꺼내더니 전투태세를 취하듯 앞으로 내밀었다.

나는 그런 융융의 옆에서 춈스케를 방패로 삼아 꼭 끌어안고 있었다.

"……이런 마을 한복판에 나타나다니 여유가 넘치는군요. 그렇게 우리 춈스케가 탐나는 건가요?"

"메구밍 양, 풍만한 가슴을 얼마든지 보라고 쑥 내민 저 아가씨와는 대체 어떤 관계입니까?!"

"춈스케가 아니라 월버그 님이라고 불러. ……지금 이 자리에는 너의 그 지긋지긋한 동료들이 없어. 마음 같아서는 확 으스러뜨리고 싶지만, 월버그 님이 이렇게 따르는 너를 이 자리에서 처리하는 것도……."

"메구밍 양, 대답해 주십시오! 저 아가씨는 왜 저렇게 파렴치한 옷차림을 하고 있는 겁니까! 게다가 로브로 가리고 있다니 정말 발칙하군요! 발칙하기 그지없어요! 하지만 발칙함과 함께 잘 갈고 닦은 아름다움도 느껴집니다. 그래요. 예를 들자면 수영복 위에 코트를 걸친 것처럼 배덕적인……."

"시끄러워! 네놈은 또 뭐야?! 빨리 꺼져!"

제스터 때문에 말이 끊긴 아네스는 짜증을 내면서 손을 휘휘 내저었다.

"제스터 씨, 도발하면 안 돼요. 아네스는 저희의 적이에요. 이 털북숭이를 차지하기 위해 저희를 쫓아온 거죠."

"호오, 촘스케 씨를 말인가요. 겉모습만 보면 꽤 독해보이지만 실은 귀여운 구석이 있는 분이군요."

"두 사람 다 그만 좀 해……. 왠지 상대의 기분이 점점 나빠지고 있는 것 같단 말이야……."

내가 융융의 말을 듣고 아네스를 쳐다보니, 눈을 가늘게 뜬 그녀는 관자놀이에 힘줄을 세우고 있었다.

우리가 자신과 마주 선 상태에서도 여유를 부리는 게 마음에 들지 않는 것 같았다.

"잘 들어. 따끔한 맛을 보고 싶지 않다면……."

"당신한테 따끔한 맛을 보고 싶은 경우에는 어떻게 하면 좋겠습니까?"

"제, 제스터 씨!"

분위기 파악을 여전히 못했는지 자유롭기 그지없는 제스터에게 융융이 경고를 해주려고 했지만…….

"괴상한 녀석이네. 그럼 원하는 대로……!"

아네스가 입가를 일그러뜨리면서 손을 들어 올리는 게 더 빨랐다.

"따끔한 맛을 보여주겠어! 『파이어볼』!!"

아네스가 휘두른 손에서 뿜어져 나온 불덩어리가 제스터를 향해 날아왔다.

그것을—!

"악마걸이었나……."

제스터는 유감 섞인 한숨을 내쉬면서 불덩어리를 향해 손을 내밀었다.

"『리플렉트』!"

"윽?!"

제스터는 빛으로 된 벽을 만들어내서 불덩어리 마법을 튕겨냈다.

자신을 향해 튕겨져 날아오는 불덩어리를 피한 아네스는 깜짝 놀란 얼굴로 제스터를 쳐다보았다.

아네스가 손을 휘두른 바람에 로브가 흔들리며 깊이 눌

러쓰고 있던 후드가 벗겨져서 뿔이 드러났다.

"……흐음. 평범한 괴짜 아저씨인 줄 알았더니, 꽤 하네."

나는 아네스의 말에 무심코 동의할 뻔 했다.

실은 나 또한 제스터를 평범한 괴짜 아저씨라고 생각하고 있었다.

제스터는 땅이 꺼져라 한숨을 내쉬었다.

"아아……. 악마걸이라니……. 저는 오크도, 오거도 오케이지만, 유감스럽게 악마걸만큼은 사랑해줄 수가 없습니다. 아쿠시즈교의 계율이 그걸 허락하지 않기 때문이죠."

제스터는 그렇게 말하면서 아네스를 쳐다보았다.

"악마. ……음, 악마인가. 확실히 추악한 악마향이 나는군."

제스터의 입가에는 미소가 어려 있지만 그의 눈은 전혀 웃고 있지 않았다.

하지만 아네스는 그런 제스터를 보고도 여전히 여유가 넘쳤다.

잠시 후, 제스터와 대치한 아네스는 웃음을 터뜨렸다.

"추악한 악마향? 입은 살았네. 그래서 인간 프리스트 따위가 대체 뭘 할 수 있는데?"

"—그 분은 당신을 없애버릴 수 있답니다."

"윽?!"

허둥지둥 고개를 돌린 아네스의 등 뒤에는 어느새 세실리가 서 있었다.

세실리에게서는 아까까지의 가벼운 분위기가 전혀 느껴지지 않았다.

그것은 제스터도 마찬가지였다.

두 사람의 표정은 평소와 다름없지만 그들의 눈은 전혀 웃고 있지 않았다.

하지만 아네스는 여전히 여유 넘치는 태도를 취하고 있었다.

"재미있는 소리를 하네! 위대한 사신, 월버그 님을 모시는 내가……."

"『세이크리드 하이니스 엑소시즘』!"

제스터는 아네스의 말을 끊으며 마법을 펼쳤다.

그것은 아네스의 머리를 살짝 스치고 지나갔다.

마법이 명중한 장소에 새하얀 마법진이 생기더니 강렬한 빛이 하늘을 향해 뿜어졌다.

그것을 본 아네스는 오싹한 표정을 지으면서 입을 삐끔거렸다.

내가 모르는 마법이지만 분명 악마에게 치명적인 마법이리라.

희미하게 떨면서 제스터를 쳐다보는 아네스의 태도가 그 사실을 알려주고 있었다.

……진짜로, 평범한 괴짜 아저씨인 줄 알았는데 말이야.

"인사가 늦었습니다, 아네스 양."

아네스는 제스터의 말을 듣더니 움찔했다.

"저는 아쿠시즈 교단의 최고 책임자인 아크 프리스트, 제스터라고 합니다."

그 말의 의미를 이해한 아네스는 대량의 땀을 흘렸다.

"아쿠시즈 교단 안에서 저보다 레벨이 높은 아크 프리스트는 없을 거라고 자부합니다."

얼굴이 새파랗게 질린 채 뒷걸음질 치던 아네스는…….

"그리고 저는 아쿠시즈 교단의 미인 프리스트인 세실리라고 해요."

뒤편에 있던 세실리의 목소리를 듣고서야 그녀의 존재를 떠올린 아네스는 또 움찔했다.

"세실리 양, 아무래도 이번 소동의 원흉은 이 악마걸인 것 같군요."

"그런 것 같아요, 제스터 님. 이 악마 탓에 제스터 님이 그런 꼴을 당하신 거네요."

"무, 무슨 소리야? 너희 대체 무슨 소리를 하는 거냐구! 나, 나는 이 마을에 와서 쭉 월버그 님만 찾아다녔……."

아네스가 새된 목소리로 그렇게 말했지만 제스터와 세실리는 들은 척도 하지 않았다.

제스터가 몸을 날린 순간, 아네스는 뒤돌아서더니 그대로 세실리의 옆을 지나갔다.

"놓치면 안 됩니다, 세실리 양! 쫓으세요! 상대가 악마걸이라면 무슨 짓을 해도 용서됩니다! 아쿠시즈 교단의 이름을 걸고, 악마로 태어난 것을 후회하게 만들어 주는 겁니다!"

"알았어요, 제스터 님! 악마를 처형하자—!"

제스터와 세실리는 그런 무시무시한 소리를 하더니, 울먹이면서 전력을 다해 도망치는 아네스를 뒤쫓기 시작했다.

8

"……뭐가 어떻게 된 거야?"

"저한테 묻지 마세요. 제가 오히려 묻고 싶을 지경이라고요."

남겨진 우리는 제스터 일행이 뛰어간 방향을 쳐다보면서 망연자실하게 서 있었다.

"……참, 융융은 이제 어떻게 할 건가요? 저는 아르바이트라도 하며 돈을 어느 정도 모을 때까지는 이곳에서 지낼 생각이에요. 그 후, 액셀 마을로 갈 거죠. 원래 액셀에서 동료를 찾아볼 생각이었는데, 그곳에 폭렬마법을 쓰는 마법사가 있다는 이야기도 들었으니 안 가볼 수야 없죠."

그 사람이 내가 찾는 사람일 거라고 단정할 수는 없지만 어차피 다른 단서는 없었다.

"나는……. 나, 나도 액셀 마을에 가서 약한 몬스터를 잡으며 수행을 할까 하는데……."

"그런가요. 이런 우연도 다 있군요. 그럼 먼저 가 계세요. 돈이 모이면 저도 쫓아갈게요."

"뭐?!"

내가 그렇게 말하자 융융은 난처한 표정을 지었다.

"저, 저기 말이야! 나, 나는 딱히 급할 게 없거든. 한동안 이 마을을 관광한 후에 액셀에 갈까 하는데……."

융융은 당황한 눈길로 안절부절못하면서 그렇게 말했다.

그런 융융을 향해 촘스케가 다가갔다.

촘스케는 뭔가를 원하듯 융융을 올려다보고 있었지만 당사자인 융융은 당황스러워하면서 눈을 돌렸다.

………….

"그러고 보니 이 마을에 온 후로 촘스케가 누군가에게 계속 먹이를 얻어먹은 것 같은데, 혹시 짐작 가는 데는 없나요?"

"지, 짐작 가는 데가 있을 리 없잖아?! 촘스케도 고양이잖아. 자기 혼자서 먹이를 구한 것 아닐까?!"

융융은 여전히 내 눈길을 피하면서 상기된 목소리로 말했다.

그리고 촘스케는 먹을 걸 줄 거라 철석 같이 믿고 있는 것처럼 융융의 발치에서 꼼짝도 하지 않았다.

"……촘스케가 호소하는 눈길로 융융을 쳐다보고 있어요."

"오랜만에 만난 내가 반가워서 놀아주기를 원하는 게 아닐까?! 나, 나는 이만 묵고 있는 여관에 가볼게! 마을 입구 근처에 있는 여관이니까, 무슨 일 있으면……."

"—오오, 메구밍 양. 아직 여기 계셨습니까. 이야, 꽤 잽싼 악마더군요. 울상을 짓고 있는 그녀를 쳐다보는 게 너무 즐거워서 치명상이 될 마법을 몇 번이나 빗맞히다 보니 놓치고 말았어요."

서둘러 이 자리를 벗어나려 하는 융융과 교대하듯 제스터가 만족스러운 표정을 지으며 돌아왔다.

"……왠지 행복해 보이네요."

"무슨 소리를 하는 겁니까. 악마를 놓친 게 분해 죽을 것 같습니다. 세실리 양은 다른 교단원과 함께 그 악마를 수색하고 있습니다만……. 아, 맞아요. 메구밍 양, 이걸 받아주십시오."

제스터는 내 손을 잡더니 조그마한 자루를 쥐어줬다.

"……어? 이게 뭐죠?"

"액셀 마을까지의 마차비입니다."

그 말을 듣고 딱딱하게 굳어있는 나에게 제스터는 말했다.

"메구밍 양이 전수해주신 권유 방법은 분명 효과적일 겁니다. 가르쳐주신 방법을 그대로 쓰지 않고 발전시켜 보겠습니다. 저희의 권유가 이 마을의 명물이 되도록 말이죠. 이 마차비는 답례라고 생각해 주십시오."

제스터가 자신만만한 표정을 짓자 나는 하면 안 되는 짓을 한 건 아닐까, 라는 생각이 들었다.

"참, 메구밍 양은 오늘 어떻게 할 겁니까? 아쿠시즈 교단에 머무시겠습니까? 하지만 이 시간이라면 아직 액셀로 향하는 마차가 있을 겁니다. 이대로 액셀로 향하실 건가요?"

이대로 액셀에 간다.

……가고 싶다.

한시라도 빨리 액셀에 가서 그 사람과 만나고 싶다.

그리고 동료를 모아서 지금까지 참아왔던 폭렬마법을 마음껏 날리고 싶다!

"이대로 출발할 거예요!"

"뭐어?!"

내가 주저 없이 그렇게 말하자 융융이 경악에 찬 목소리를……. 아, 맞다.

"융융은 한동안 이 마을을 관광할 거라고 했죠? 그럼 저는 먼저 액셀 마을에 가 있을게요."

"뭐, 뭐어?! 저기, 나도 마음이 바뀌었어! 메구밍이 나보다 먼저 액셀에 가서 수행을 하면 더 차이가 벌어지잖아!"

"그렇군요. 융융은 상당한 노력가네요."

"그, 그래!"

그렇게 말한 융융은 히죽거리고 있는 내 시선을 피하듯 고개를 돌렸다.

그런 우리를 본 제스터는 뭔가 감이 온 것 같았다.

"메구밍 양, 기왕이면 하루만 더 묵고 가지 않겠습니까? 저희 교단에도 메구밍 양과 작별 인사를 하고 싶어 하는 이가 있을 것 같군요."

"그 말도 일리가 있군요. 그럼 그렇게 할까요?"

"뭐어?!"

—그 후에도 나와 제스터에게 마구 놀림을 당해서 화가 머리끝까지 난 융융에게 역습을 당할 즈음에는 밤이 깊어지고 말았다.

9

"휴우……."

나는 아쿠시즈 교회 뒤편의 노천탕에 몸을 담근 채 깊은 한숨을 내쉬었다.

이 교단의 온천을 사용하면 남성 신도들이 몰래 엿볼 것 같아 좀 무서웠지만, 최고의 위험인물인 제스터는 아까 융융이 날린 라이트닝을 맞았다.

아마 내일까지는 정신을 차리지 못하리라.

물의 여신을 숭배하는 아쿠시즈 교단의 노천탕이니 수영을 할 수 있을 만큼 넓을 줄 알았는데 그렇지도 않았다.

다리를 쭉 펼 수는 있지만 여러 명이 한 번에 들어가기에는 좁았다.

"메구밍 양, 온천물에 몸을 담그니 기분 좋지? 후후……. 로리와 같이 목욕……. 후후후후……."

"죄송한데, 그런 식으로 웃으니 엄청 무섭거든요?"

—게다가 현재진행형으로 좁다고 느꼈다.

"뭐, 이 교단은 여성 신도가 적거든요. 그래서 여자끼리 목욕을 할 기회가 거의 없어요."

"아까부터 언니가 짐승 같은 눈길로 쳐다보니까, 여자끼리 목욕을 하고 있는 느낌이 들지 않는데요. 어젯밤에도 성희롱이나 다름없는 짓을 해댔잖아요."

내가 아쿠시즈 교단과 얽히는 계기가 된 세실리와 함께 목욕을 하고 있는데—.

"저기, 안 그래도 좁으니까 너무 들러붙지 마세요……."

"욕조가 작으니 어쩔 수 없잖아! 그래, 내가 메구밍 양의 매끈한 피부를 손가락으로 매만지는 것도 불가항력이라고 생각해!"

"저는 이상한 짓을 당하면 반격하는 타입의 인간이에요! 어제처럼 그냥 당하고 있을 거라 생각하지는 말라고요!"

나는 끈질기게 들러붙는 이 언니와 떨어진 후, 입 언저리까지 물에 몸을 담갔다.

"그래도 오늘은 오랜만에 즐거웠어~. 너는 아쿠시즈교와 궁합이 좋은 것 같아. 액셀 마을에서 동료를 모집할 거라고 했지? 혹시 프리스트를 모집할 거면 아쿠시즈교의 프리스트를 파티에 넣어! 분명 잘 지낼 수 있을 거야!"

"시, 싫어요. 저는 정신이 똑바로 박힌 에리스 교도가 좋다고요. ……그리고 이제 그만 떨어져줬으면 좋겠는데요……."

"욕조가 작으니 어쩔 수 없잖아. 그리고 좀 작기는 해도 이걸 만드느라 꽤 많은 돈이 들었다구. 솜씨 좋은 마법사를 고용해서 작렬마법을 쏴달라고 했거든. 잘 봐. 욕조가 원형을 이루고 있지?"

"작렬마법인가요……."

이 언니의 말을 듣고 욕조의 가장자리를 만져보니, 확실히 강력한 마법으로 도려냈는지 감촉이 매끈했다.

"그래~. 폭발계 마법을 습득한 사람은 많지 않아서 고생했다구. 뭐, 실은 폭발마법을 사용하는 마법사를 고용하고 싶었던 것 같지만 말이야."

언니는 목까지 물에 담그더니 기분 좋은 표정을 지으며 숨을 내쉬었다.

교회 뒤편에 있는 이 욕조는 평평한 바위에 마법을 날려서 만든 조그마한 구덩이로 되어 있었다.

이곳에 폭발마법을 날렸다간 욕조가 더 컸을 것이다.

……그럼 폭렬마법을 날렸다면?

"언니."

"왜? 그리고 이제 그만 그냥 언니가 아니라 애교 섞인 목소리로 세실리 언니야~ 라고 불러주면 좋겠네."

"으음, 언니는 넓은 욕조를 가지고 싶나요?"

"당연하지. 이 온천은 산에 있는 원천의 물을 끌어와서 쓰니까, 넓어도 물 걱정을 할 필요는 없거든. ……어? 왜 갑자기 눈을 반짝이는 거야?"

넓으면 넓을수록 좋은 건가.

지팡이를 들고 폭렬마법을 사용하면 이 바위 자체가 없어지고 말 것이다.

하지만 지금처럼 맨손인 상태에서 쓴다면?

맨손이라 위력이 반감된 폭렬마법이라면 분명 이 마을에서 가장 큰 욕조를 만들 수 있으리라.

영문 모를 이유로 마차 비를 받았으니 작별 선물 삼아 그 정도는 해줘도 되지 않을까.

"……저는 폭렬마법을 쓸 수 있어요."

"……뭐?"

아니, 솔직해지자.

작별 선물이 아니라, 단순히 이곳에 폭렬마법을 날려서 커다란 욕조를 만들고 싶다.

"이곳에 폭렬마법을 날려서, 이 물과 온천의 도시에서 가장 큰 욕조를 만들어도 될까요?"

"물론이야. ……응, 물론이라구! 아쿠시즈 교단의 교의 중에는 말이지. 범죄만 아니라면 무슨 짓을 해도 괜찮다, 라는 게 있어. 네 마음이 가는 대로 사양 말고 마법을 날리라구!"

아주 조금이지만…….

아쿠시즈교에 들어가는 것도 괜찮지 않을까, 라는 생각이 들었다.

"그럼 언니."

"언니야~ 라고 불러줘!"

"어, 언니, 위험하니까 물러나세요! ……자, 갑니다! 아르칸레티아에 온 후로 계속 참아왔던 폭렬마법을 드디어 쓰겠어요!"

나는 언니와 함께 온천에서 나온 후, 표적인 바위를 쳐다보며—.

"『익스플로전』!"

이 날, 내가 날린 폭렬마법은…….

평소 아쿠시즈 교도들이 일으키는 소동보다도, 정체불명의 여자 악마가 나타난 일보다도, 웬만한 불난리보다도—.

이 마을의 주민들을 경악하게 만들었다.

10

승합마차 대기소.

나는 그곳에서 제스터 일행에게 배웅을 받으며 융융과 함께 액셀행 마차에 탔다.

"이야, 메구밍 양이 폭렬마법을 쓸 수 있을 줄은 꿈에도 몰랐습니다. 메구밍 양에게는 감사하고 또 감사해도 모자랄 것 같군요. 그렇게 넓은 욕조라면 교회 사람들 전원이 다 같이 들어갈 수 있을 겁니다."

"혼욕은 안 할 거예요, 제스터 님."

"혼욕이라는 것은 동지들 사이의 유대를 돈독히 하는……."

"혼욕은 안 할 거예요, 제스터 님."

"……. 뭐, 아무튼 그 노천탕은 아쿠시즈 교단의 비탕(秘湯)으로 삼겠습니다. 이 마을에 다시 오신다면 꼭 들러 주십시오."

"좋아요. 제가 동료들과 여행을 하게 된다면 이곳에 올게요."

"그 날을 고대하고 있겠습니다. 그때는 저희의 진정한 힘을 보여드리죠. 메구밍 양의 옷에 달린 호주머니란 호주머니는 전부 아쿠시즈 교단 입교서로 가득 채워드리겠습니다!"

나는 제스터의 불온한 소리를 듣고 쓴웃음을 지으면서 마차에 탔다.

……바로 그때, 제스터가 불가사의한 행동을 취했다.

기도하는 포즈를 취한 제스터는 마법을 영창하고 있는 것 같았다.

"—여행을 떠나는 당신의 무사를 기원하고, 여신 아쿠아의 축복이 함께하기를! 『블레싱』!"

제스터가 마법을 걸어주자 나는 배시시 웃으면서 고개를 숙였다.

이 아저씨가 프리스트다운 행동을 하는 것을 처음 본 느낌이 들었다.

바로 그때, 내 옆에 앉아있던 융융이 우물쭈물하면서 제스터에게 말했다.

"저, 저기……! 제스터 씨, 저에게도 그 마법을……."

"퉤."

"앗!"

융융의 말에 답하듯 제스터는 땅에 침을 뱉었다.

일전에 역습의 라이트닝을 맞았던 데다가, 이번 소동의 발단이 된 소켓토의 편지를 가지고 온 사람이 융융이라는 사실을 알고 그녀를 원망하고 있었다.

차기 최고 사제라는 사람이 정말 어른스럽지 못했다.

분해 죽겠다는 표정으로 이를 가는 융융을 달랜 후, 나는 쓴웃음을 지으면서 제스터 일행을 쳐다보았다.

세실리는 아쉬움으로 가득한 표정을 지으며 나에게 뭔가를 건네줬다.

그것은 묵직한 자루였다.

안에는 분명 노잣돈이 들어있으리라.

“딱히 한 일도 없는데, 이런 걸 받을 수는…….”

“괜찮아. 이건 분명 너한테 도움이 될 거야. ……그러니 받아둬. 어린애가 어른이 주는 걸 사양하지 말라구!”

……이상한 언니라고 생각했는데 작별 직전에 멋진 모습을 보여줬다.

미안한 마음을 먹으면서 그 자루를 펼쳐보니 내 예상대로 종이 다발이 들어 있었다.

……어, 에리스 지폐와는 다르게 생긴 것 같은데…….

내가 그렇게 생각하며 그 지폐 다발을 유심히 살펴보니…….

『아쿠시즈 교단 입교서』.

“액셀 마을에 가면 나눠 줘!”

나는 이 언니를 향해 종이 다발을 집어던졌다.

“—손님 여러분, 작별 인사는 끝나셨습니까? 액셀행 마차, 곧 출발합니다~!”

마부석에 앉아있는 아저씨가 큰 목소리로 그렇게 말했다.

—풋내기 모험가의 마을, 액셀.

우선 그곳을 거점 삼아 동료를 모으자.

기왕이면 나한테 걸맞게 상위 직업만으로 구성된 파티를 만들고 싶다.

믿음직하고 용감한 리더.

다부진 전위.

자비로운 치유사.

그리고 명석한 두뇌로 전황을 분석하여 일격필살의 힘을 펼치는 내가 거기에 더해지는 것이다.

그런 미래를 꿈꾸며—.

"액셀행 승합마차. 출발합니다!"

모험가의 마을 액셀을 향해 출발했다—.

막간 극장【4막】

―아쿠아 님, 행복해요!―

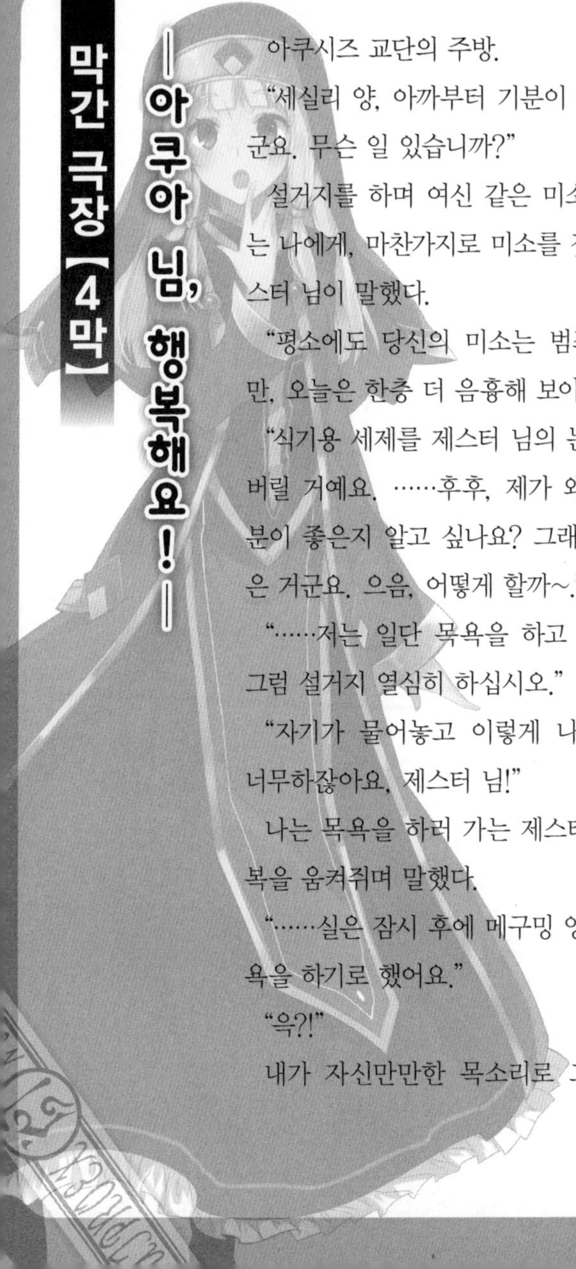

아쿠시즈 교단의 주방.

"세실리 양, 아까부터 기분이 좋아 보이는군요. 무슨 일 있습니까?"

설거지를 하며 여신 같은 미소를 짓고 있는 나에게, 마찬가지로 미소를 짓고 있던 제스터 님이 말했다.

"평소에도 당신의 미소는 범죄자 같았지만, 오늘은 한층 더 음흉해 보이는 군요."

"식기용 세제를 제스터 님의 눈에 확 넣어버릴 거예요. ……후후, 제가 왜 이렇게 기분이 좋은지 알고 싶나요? 그래요. 알고 싶은 거군요. 으음, 어떻게 할까~."

"……저는 일단 목욕을 하고 오겠습니다. 그럼 설거지 열심히 하십시오."

"자기가 물어놓고 이렇게 나오다니……. 너무하잖아요, 제스터 님!"

나는 목욕을 하러 가는 제스터 님의 신관복을 움켜쥐며 말했다.

"……실은 잠시 후에 메구밍 양과 같이 목욕을 하기로 했어요."

"읏?!"

내가 자신만만한 목소리로 그렇게 말하

자, 제스터 님이 걸음을 멈추더니 그대로 숨을 삼켰다.

“……세실리 양. 당신은 이제부터 그 로리 마법소녀와 물장구도 치고, 서로의 등도 씻겨주는 겁니까?”

“맞아요. 이건 매일같이 에리스 교도들이 하는 짓거리를 방해한 저에게, 아쿠아 님께서 주신 상이라고 생각해요!”

내가 힘찬 목소리로 그렇게 외치자 제스터 님은 갑자기 자신만만한 미소를 지었다.

“세실리 양. 아무래도 당신은 깜빡하고 있는 것 같군요. 오늘 원천 청소를 담당하고 있는 사람이 누구죠? ……그렇습니다. 바로 당신이에요.”

“윽?!”

제스터의 말을 듣고 당황한 나에게—.

“위대한 아쿠아 님께서는 저에게 상을 주셨습니다! 세실리 양이 일 때문에 같이 목욕을 할 수 없으니, 제가 메구밍 양과 함께…….”

“그건 말이 안 되잖아요, 제스터 님! 진짜로 잡혀갈 거라고요! 그, 그래요, 제스터 님! 우뭇가사리 슬라임은 좋아하시나요? 실은 대량으로 사둔 우뭇가사리 슬라임 포도 맛이……!”

그렇게 말한 나는 원천 청소를 교대해주지 않겠냐면서, 주방 안쪽에 숨겨뒀던 포대를 뇌물 삼아 건네려 했다.

바로 그때, 제스터 님이 포대를 질질 끌고 오는 나를 향해 손을 내밀었다.

"세실리 양. 저와 거래를 하지 않겠습니까?"

"거래, 라고요? ……설마! 저의 농익은 육체를……!"

"그딴 건 아무래도 상관없습니다, 세실리 양. 그게 아니라……. 당신이 메구밍 양과 함께 목욕을 할 거라면……! 그 뒷말은 안 해도 감이 오죠?!"

나는 안절부절 못하는 제스터 님의 모습을 보고 상대가 하려는 말이 뭔지 이해했다.

"……예. 이해했어요! 맡겨만 주세요!"

"역시 세실리 양은 이해력이 좋군요! 원천 청소는 저에게 맡겨주십시오! 구석구석까지 깨끗하게 청소해두겠습니다! 그 대신, 세실리 양. 당신도, 저기……. 메구밍 양의, 그렇고 그런 부분을 구석구석까지, 상세하게……."

"예! 걱정하지 마세요, 제스터 님! 충분히 이해했으니 더는 말씀하지 않으셔도 돼요! 그럼 불초 세실리! 욕실로 돌격하겠습니다!"

내가 제스터 님을 향해 경례를 하자—.

"세실리 양, 당신만 믿겠습니다! ……참, 세실리 양? 저는 원천 청소 같은 걸 한 적이 없어서 그러는데, 청소용 탄산수소나트륨은 어디에……."

나는 제스터 님의 말을 한 귀로 흘려들으면서 억누를 수 없는 마음을 해방시켰다.

“메구밍 양, 메구밍 양, 메구밍 양, 메구밍 야~앙! 기다려, 메구밍 양, 이 언니야가 당신의 몸 구석구석까지 깨끗하게 씻겨줄게……!”

“세, 세실리 양, 탄산수소나트륨은……. 이겁니까?! 세실리 양, 이 포대 안에 든 게 탄산수소나트륨 맞죠?!”

나는 제스터 님의 당황한 목소리를 등 너머로 들으며 주방에서 뛰쳐나갔다.

하지만 제스터 님도 욕실 타일 숫자를 세는 걸 좋아하는 줄은 몰랐다.

욕실 청소 중에 타일의 숫자를 세다 보니 어느새 날짜가 바뀌어 있었다, 같은 일을 경험한 사람은 나뿐인 줄 알았다.

목욕을 한 후에 욕실 타일 숫자를 상세하게 가르쳐드려야겠다.

—아쿠아 님. 저, 행복해요!

제5장
야마의 마을에서 온 방랑자

1

나는 흔들리는 마차 안에서 중얼거렸다.

"정말 이상한 사람들이었어요……."

마차 창문을 통해 뒤편을 쳐다보니 아르칸레티아가 점점 멀어지고 있었다.

마왕도 두려워하는 아쿠시즈 교단.

내가 본 것은 아쿠시즈 교단의 일부분에 불과한 것일까.

특이한 사람들이었지만 이렇게 헤어지려니 약간 마음이 울적해졌다.

내가 그런 감정을 느끼고 있을 때 누군가가 내 옷을 잡아당겼다.

옆자리에 앉은 융융이었다.

……이 애도 나와 같은 심정인 걸까.

"저기, 메구밍. 혹시 재미있는 거나, 이상한 생물이라도 있어? 나도 바깥 경치 좀 볼래."

융융은 창가에 앉은 나에게 정서가 전혀 느껴지지 않는 소리를 했다.

"……융융은 보기보다 어린애네요. 제가 모처럼 감정에 젖어있는데……."

"어, 어린애?! 말도 안 돼. 발육은 내가 더……, 아앗?! 왜, 왜 한숨을 쉬는 거야?!"

내 어깨를 흔들어대는 융융을 곁눈질하며 나는 창밖을 계속 쳐다보았다.

—현재 우리는 풋내기 모험가의 마을 액셀로 향하고 있었다.

이 대형 승합마차는 좌석이 다섯 개씩 나란히 설치되어 있으며, 나와 융융을 비롯해 총 열 명의 승객이 타고 있었다.

그리고 재빨리 창가 자리를 차지한 나는—.

“저기, 이제 한 시간 지났잖아? 자리 바꾸자!”

“싫어요. 제 체감시간에 따르면 아직 10분밖에 지나지 않았어요. 그리고 제가 창가 자리를 점거했을 때는『어린애 같은 짓 좀 하지 마』라고 어이없어했잖아요!”

“그렇지만 메구밍이 창밖을 보면서 즐거워하니 나도 보고 싶어졌다구!”

“당연히 즐겁죠. 모처럼 하는 마차 여행이니까요. ……앗! 리저드 러너예요! 리저드 러너 두 마리가 암컷을 차지하기 위해 달리기 승부를 하고 있네요! 어느 쪽이 빠를지 정말 기대…….”

“저기, 바꿔줘! 나도 볼래! 그러니까 바꿔달라구~!”

“후훗……. 정말 사이가 좋네.”

창가 자리를 두고 다투고 있는 우리의 귀에 웃음소리가 흘러들어왔다.

어린 여자애를 데리고 맞은편에 앉아있는 아주머니가 눈을 가늘게 뜨며 웃고 있었다.

아니, 그 아주머니뿐만 아니라 마차 안에 있는 대부분의 손님들이 우리를 향해 따뜻한 눈길을 보내고 있었다.

융융이 부끄러워졌는지 얼굴을 붉히며 몸을 움츠리자, 그 아주머니는 그녀를 향해 과자를 내밀었다.

"아가씨, 이거 먹을래?"

"잘 먹을게요."

"앗! 잠깐!"

나는 그 아주머니가 융융을 향해 내민 과자를 주저 없이 가로챘다. 그러자 융융은 바로 태클을 날렸다.

그 모습을 본 아주머니는 더 재미있어했다.

"자, 아가씨도 받으렴. 액셀행 마차에 탄 걸 보면 두 사람 다 모험가가 되려는 거지?"

그 아주머니는 융융에게도 과자를 내밀면서 물었다.

나는 부끄러워하며 그 과자를 받는 융융을 곁눈질하면서 내가 받은 과자를 반으로 쪼갰다. 그리고 무릎 위에서 과자 냄새를 맡고 있는 쵸스케에게 절반을 줬다.

맞은편에 앉은 여자애가 과자를 먹는 쵸스케를 눈을 반짝이며 쳐다보고 있었다.

"예, 저는 모험가가 될 거예요. 그래서 우선 액셀에 가서 동료를 모을 생각이죠. ……그런데 융융은 모험가가 될 건가요? 일전에는 약한 몬스터를 상대로 수행을 할 거라고만 했잖아요."

"뭐?! 나, 나는, 저기……. 어, 어떻게 하지? 혼자서는 무슨 일 터졌을 때 곤란할 테니까……. 역시 동료를 모아야할 것 같아……."

"맞아요. 마력이 다 떨어지면 평범한 인간이 되는 우리에게 동료는 꼭 필요한 존재죠."

"그, 그렇지?! 메구밍도 그렇게 생각하는 구나! 그럼 메구밍, 저기……."

"같은 파티에 마법사가 두 명이나 있으면 밸런스가 나쁘겠죠. 마법사가 없는 적당한 파티가 있다면 좋겠는데……. 융융, 왜 그러죠? 아까부터 거동이 수상하네요."

"아, 아무것도 아냐! 확실히 한 파티에 마법사가 두 명이나 있으면 밸런스가 나쁠 거야……."

갑자기 당황한 융융은 풀이 죽어서 과자를 오독오독 씹어 먹었다.

그 모습을 의아해하며 쳐다보고 있을 때, 아주머니가 입을 열었다.

"눈이 빨간 걸 보니 너희는 홍마족인가 보네. 액셀에 도착하면 다들 너희를 동료로 삼으려고 안달일 거야. 좋은 동료를 만났으면 좋겠구나."

아주머니가 그렇게 말한 순간, 마차 안이 술렁거렸다.

"홍마족? 홍마족이 두 명이나 타고 있는 거야?!"

"이번 여행은 안심해도 되겠는걸. 우리가 나설 일은 없겠어."

"뭐, 이런 대규모 상단을 덮치는 몬스터는 좀처럼 없지만 말이야."

그 안에는 마차의 호위로 고용된 모험가도 있는 것 같았다.

"안심하세요. 저는 홍마족 제일의 천재라 불렸던 아크 위저드예요. 몬스터에게 공격받더라도, 눈곱만큼도 걱정할 필요 없어요!"

"오오!"

"역시 홍마족이네!"

"자, 자자, 잠깐만, 메구밍! 전투는 호위를 맡은 사람들에게 맡겨! 메구밍이 마법을 쓰면 오히려 피해가 더 커질 거라구!"

융융이 작은 목소리로 주의를 줬지만, 주위 사람들의 반응 때문에 들뜬 내 귀에는 그 말이 들리지 않았다.

……한동안 기가 한껏 살아있던 나는 밖에서 그림자가 드리워진 느낌을 받고 창밖을 쳐다보았다.

하지만 거기에는 아무것도—.

아, 하늘에 뭔가가 있는 걸까?

마차와 나란히 달리듯 지면에 그림자가 드리워져 있었지만 그것은 점점 작아지고 있었다.

나는 마차 밖으로 얼굴을 내밀어서 하늘을 올려다보았는데 어느새 그 그림자는 사라지고 없었다.

새, 혹은 하늘을 나는 몬스터인가?

"저기, 메구밍. 뭔가 재미있는 거라도 발견했어? 이제 그만 자리 좀 바꿔달라구!"

"안 바꿔줄 거예요. 이런 건 먼저 앉은 사람이 임자니까요!"

또 싸움을 시작한 우리에게 누군가가 말을 걸었다.

"저기, 언니. 내가 자리 바꿔줄까?"

그것은 맞은편 창가자리에 앉은 여자애의 목소리였다.

융융은 어린아이에게 이런 말을 듣고 부끄러워졌는지 고개를 푹 숙였다.

……저도 조금 자숙하겠습니다.

2

이 상단은 열 대의 마차로 편성되어 있으며 각 마을에서 장사를 한 후, 빈 객석에 손님을 태워 돈을 받는 시스템으로 운영하고 있었다.

아까도 누군가가 말했지만, 이 정도 규모의 상단이 몬스터에게 공격받는 일은 없을 것이다.

지금은 점심때.

상단 사람들은 말을 쉬게 해주기 위해, 점심 휴식 시간을 가졌다.

아르칸레티아와 액셀 사이에는 넓은 평원만 존재하는 것 같았다.

우리 사방에는 넓디넓은 대평원이 펼쳐져 있었다.

"평온하네……. 이런 경치를 보고 있으면, 왕도 쪽에서 마왕군이 날뛰고 있다는 이야기가 거짓말처럼 느껴져……."

융융은 풀밭에 앉더니 그런 경치를 쳐다보면서 말했다.

마차에 타고 있던 우리 이외의 승객들도 주위의 풀밭에서 도시락을 먹거나 낮잠을 자며 휴식을 취하고 있었다.

"끄언 쏘리 아따깐……."

"입안에 있는 걸 삼키고 난 후에 말해."

"우물…… 그런 소리 하다간, 눈치 좋은 몬스터에게 공격받을 거예요. 뭐, 저는 마법을 쓰고 싶으니 바라는 바지만요."

"……긴장을 풀면 안 되겠네. 몬스터가 공격해오지 않도록 경계를……."

방금 자신이 세운 복선을 없애려는 것처럼 융융은 주위를 경계하기 시작했다.

"이대로 아무 일 없이 순조롭게 간다면, 내일 낮 정도에는 도착할 수 있겠네요."

"그만해! 복선이 될 것 같은 소리 좀 하지 마! 학교에서 배웠지?! 해선 안 되는 대사집에도 적혀 있었잖아!"

나는 내 어깨를 잡고 흔들어대는 융융에게 말했다.

"걱정하지 마세요. 이렇게 대규모로 이동하고 있잖아요. 제 계산에 따르면, 몬스터에게 습격당할 확률은 0.1퍼센트 이하……."

"그만해! 몬스터에게 습격당하고 싶은 거야?! 다른 사람들이 보는 앞에서 활약하고 싶으니까, 일부러 그런 소리를 하는 거지?!"

물론이다. 하지만 뭐—.

"하지만 이런 소리 좀 했다고 진짜로 몬스터에게 습격당할 리 없잖아요. 이 많은 사람들을 상대하려고 들 만큼, 몬스터는 바보가 아니라고요."

"그건 그렇지만……. 그래도 이상한 소리 좀—."

하지 말라구.

융융이 그렇게 말하려 한 순간이었다.

"몬스터가 나타났다~!!"

호위를 담당한 모험가의 고함 소리가 평원에 울려 퍼졌다.

"이래서 내가 복선이 될 만한 소리 좀 하지 말라고 했던 거라구!"

"자, 잠깐만요! 이건 제 탓이 아니에요! 이렇게 많은 모험가가 있는 상단을 몬스터가 습격할 리 없단 말이에요!"

나는 울상을 지으며 그렇게 외치는 융융에게 변명을 하면서 주위를 둘러보았다.

상단의 호위를 담당한 모험가들은 고용주와 손님을 지키기 위해 뛰어다니고 있었다.

그 중 한 명이 우리를 발견하더니…….

"홍마족 선생님들! 원래라면 손님인 너희에게 이런 걸 부탁해선 안 되겠지만, 몬스터의 숫자가 너무 많아! 좀 도와주지 않겠어?!"

그 모험가는 그렇게 말한 후, 마차에 실려 있던 창을 꺼냈다.

"선생님?! 융융, 들었어요?! 우리, 방금 선생님이라고 불렸어요!"

"드, 들었어. 듣기는 했지만! 저기, 왜 그렇게 흥분하는 거야?! 대체 뭐가 메구밍의 심금을 울린 건데?!"

선생님이라는 말을 듣는 게 얼마나 대단한 것인지 전혀 이해 못한 융융은 허리 뒤춤에 있던 지팡이를 꺼내들었다.

"선생님이라는 말을 들으니 꼭 대단한 사람이라도 된 것 같잖아요! 가죠, 융융! 이 전투에는 홍마족의 위엄이 걸려 있다고 생각해주세요! 저희 둘이서 몬스터들을 쓸어버리는 거예요!"

나는 그렇게 말하면서 지팡이를 고쳐 쥐었다.

친구들에게 받은 지팡이의 끝부분에 달린 붉은 보석이 햇빛을 받아 반짝였다.

사방은 넓은 평원이었다.

어느 방향에서 몬스터 무리가 몰려오든, 이곳에 도착하기 전에 폭렬마법으로 쓸어버릴 수 있을 것이다.

"후하하하하, 내 이름은 메구밍! 홍마족 제일의 천재이자 폭렬마법을 펼치는 자! 이 땅에 거대한 구덩이를 만들어주죠!"

내가 자신만만하게 그렇게 말하자—.

"역시 선생님! 그럼 잘 부탁합니다!"

아까 창을 꺼내든 모험가는 그것을 지면에 찔러 넣었다.

뭘 하는 건지 싶어 계속 쳐다보니, 그가 창으로 찌른 부분이 부풀어 올랐다.

"숫자가 많기는 하지만 강적은 아냐! 너희라면 쉽게 해치울 수 있을 거야! 왜냐하면……."

그리고 흙을 흩뿌리면서 모습을 드러낸 것은—.

"상대는 졸개 몬스터로 알려져 있는 자이언트 어스웜이거든!"

굵기는 직경 1미터. 길이는 5미터 정도 되는 육식성 거대 지렁이였다.

"""윽?!"""

그것을 두 눈으로 똑똑히 본 나와 융융은 소리 없는 절규를 지르며 그 자리에서 딱딱하게 굳어버렸다.

이곳저곳에서 들려오는 비명과 고함이 멀게 느껴졌다.

아무래도 혼이 빠져나가려 하고 있었다.

"이 녀석들은 몸이 물렁물렁하고, 공격력도 딱히 없어! 몸집이 크고 생명력이 강해서 끈질기기는 하지만, 통째로 삼켜지지 않게 조심하면…….”

모험가가 무슨 말을 했지만 한 귀로 듣고 한 귀로 흘려버렸다.

거대한 지렁이는 눈이 없는데도 내 쪽을 향해 돌아섰다.

그 모습을 보기만 해도 온몸에 소름이 돋았다.

핑크색 끝부분이 벌어지더니…….

―그 순간, 나는 한계에 도달했다.

“메구밍, 안 돼! 마음은 이해하지만! 엄청 이해하지만, 이렇게 사람들이 모여 있는 곳에서 그 마법을 써선 안 돼! 다들 휘말리고 말 거야!”

내가 폭렬마법을 영창하기 시작하자 융융이 내 망토를 잡고 말렸다.

“놔주세요! 저 역겨운 녀석을 날려버리죠! 이쪽을 쳐다보고 있어요! 쳐다보고 있다고요!”

“알아! 나도 다가가기 싫지만, 그래도 어떻게든 해볼게!”

내가 거대 지렁이를 보고 패닉에 빠지자 융융이 지팡이를 고쳐 쥐며 앞으로 나섰다.

융융의 팔에도 소름이 돋아 있었다.

이 거대 지렁이는 소리와 진동에 반응하는 것 같았다.

그 녀석은 마법을 영창하기 시작한 융융을 노리기 시작했다.

“이이, 이쪽으로 와요! 융융! 융융!”

“하지 마! 밀지 마! 지금 해치울 테니까 나를 방패삼지 마! 『파이어볼』!!!"

울상인 융융은 질린 표정으로 마법을 날렸다!

마력이 강한 홍마족이 날린 마법은 웬만한 마법사의 마법과는 위력 면에서 차원이 달랐다.

융융이 날린 파이어볼은 굉음을 내면서 지렁이의 상반신을 파괴했다.

"하, 한방에 해치웠잖아?! 우와, 역시 홍마족은 대단하네……!"

"생명력이 강한 자이언트 어스웜을 간단히 해치웠어……!"

주위에서 탄성이 들려왔다. 하지만 융융은 지렁이에 대한 혐오감과 공포 때문에 마력을 지나치게 쏟아 부었을 것이다.

효율을 무시해가며 펼친 지나치게 강렬한 일격이었지만, 방금 그 마법을 본 주위의 모험가들은 자신감에 휩싸였다.

가죽갑옷을 걸친 모험가가 단검을 고쳐 쥐면서 우리에게 말했다.

"이거 승리는 의심할 필요 없네! 선생님들, 내「적 탐지 스킬」에 따르면 이 주변의 지면에 대량으로 숨어 있는 것 같아! 그 녀석들은 너희에게 맡길게!"

""예엣?!""

그 모험가는 그렇게 말한 후, 상단 사람들을 엄호하러 뛰어갔다.

이, 이 주변의 지면에 대량으로 있다니……!

모험가의 그 말에 답하듯, 『이 주변의 지면』이 부풀어 오르기 시작했다.

"대대대, 대마법사인 제가 이딴 몬스터를 상대하는 것도 좀 그렇죠! 아까 과자를 줬던 아주머니와 여자애가 걱정되니, 저는 마차로……!"

"대마법사면 이 녀석들 좀 어떻게 해 봐! 꺄아, 잔뜩 있어! 저기, 메구밍! 하다못해 눈 돌리지 말고 이 지렁이들 좀 똑바로 쳐다보라구우우웃!"

3

―다시 마차 안.

우리는 모험가들과 함께 무사히 거대 지렁이 무리를 격퇴했지만…….

"이야, 역시 홍마족! 정말 대단해! 설마 그 많은 자이언트 어스웜을 혼자서 해치울 줄은 몰랐어!"

"맞아. 홍마족은 하나같이 우수한 마법사라는 이야기를 들었지만, 이 정도인 줄은 몰랐어!"

"게다가 방금 들은 이야기에 따르면 아직 미숙한 편이라잖아? 진짜 대단하네……!"

마차 한가운데 자리에 반쯤 억지로 앉혀진 융융은, 평범한 승객과 모험가들의 칭찬에 몸 둘 바를 몰라 하며 새빨개진 얼굴을 푹 숙이고 있었다.

당황한 융융은 대량의 지렁이들을 하나하나 태워서 죽였고, 정신 차려 보니 절반 이상의 몬스터를 그녀 혼자서 해치웠다.

그곳에 계속 있다간 지렁이의 시체를 노리는 다른 몬스터들이 몰려올 것 같았기에, 일찌감치 휴식을 끝내고 다시 출발했다.

그리고 현재에 이른 것이다.

가장 활약한 융융은 현재 질문 공세를 받고 있었다.

"아무튼 당신이 타고 있어서 정말 다행이에요. 액셀에 도착하면 꼭 답례를 하겠습니다. 당신은 호위 의뢰도 받지 않았으니, 하다못해 규정된 호위 보수만이라도 받아주십시오!"

"아…… 아뇨, 괜찮아요……. 저는 딱히 한 일이 없는데……."

칭찬을 받는 게 부끄러운지 융융은 기어들어가는 목소리로 그렇게 말했다.

그리고 나는…….

"언니는 리본을 한 언니보다 더 강하지? 그럼 더 센 몬스터가 나타나도 안심이네!"

"……그래요. 더 센 몬스터가 나타났을 때야말로 제가 나설 차례겠죠. 그때는 이 언니의 필살 마법을 보여줄게요."

"기대할게!"

융융이랑 두 자리 정도 떨어진 창가 자리에서 여자애에게 위로를 받고 있었다.

이럴 리가 없는데…….

변명을 하자면, 아까 폭렬마법을 썼다간 마차와 일반 승객들도 휘말리고 말았을 것이다.

그러니 융융에게 맡기는 게 타당하다고—.

“그건 그렇고 홍마족은 나서는 걸 좋아하고, 화려한 걸 선호하는데다, 호전적이라 골 때린다고 들었거든? 그런데 너는 평범한 사람 같네!”

“맞아. 겸손하고 진지하잖아. 나, 홍마족에 대한 이미지가 변했어!”

“처음에는 홍마족이 같이 탄다는 이야기를 듣고 약간 걱정했는데, 기우였던 것 같네요!”

“그그, 그렇지는……. 저는, 마을에서 괴짜 취급을 받았거든요…….”

“에이, 말도 안 돼! 그런데 너, 자기 입으로는 미숙하다고 했지만, 실은 홍마족 제일의 실력자 아냐?”

“맞아요. 도저히 미숙한 마법사로는 보이지 않아요. 참, 홍마족은 이름과 함께 자기소개를 한다고 들었어요. 홍마족 제일의 마법사를 자처해도 괜찮을 것 같은데요?”

………….

“언니, 어디 아파? 아까 전투 때 다치기라도 한 거야?”

맞은편에 앉은 여자애는 이를 가는 나를 걱정해줬다.

"—홍마족 제일의 마법사라는 말을 들으니 부끄럽네……."

드디어 그들에게서 풀려난 융융은 내 옆으로 돌아오더니 밝은 표정으로 그렇게 말했다.

으으으윽……!

"융융이 쓰러뜨린 건 전부 졸개잖아요. 주위에 사람이 없었다면 제 폭렬마법으로 대량의 지렁이를 단숨에 쓰러뜨릴 수 있었을 거예요! 그러니 저한테 이겼다고 생각하지 말라고요!"

"따, 딱히 그런 생각 하는 건 아냐! 그저……. 내, 내가 메구밍보다 이 마차에 탄 사람들에게 인정받았다고 생각하는 것뿐이라구……."

융융이 허둥지둥 그렇게 말하면서도 싫지 않은 기색을 보였다.

……그 표정을 본 순간, 짜증이 치솟았다.

"결투를 하죠! 다음 휴식 시간에 저와 결투해주세요!"

"뭐, 뭐어?! 하, 한판 붙자는 거야?! 좋아, 받아주겠어! 그러고 보니 졸업한 후로 승부를 한 적이 없네! 우리 둘 다 마법을 쓸 수 있게 되었으니, 이번에야말로 『홍마족 제일의 마법사』 자리를 걸고 결판을 내자구!"

"아, 그럼 됐어요. 이딴 승부에 홍마족 제일의 자리를 걸고 싶지는 않거든요."

"자, 잠깐만! 이기고 도망갈 생각이야?!"

나는 시끄럽게 떠들어대는 융융이 보기 싫다는 듯 창밖을 향해 고개를 돌렸다.

"……어?"

"저기, 내 말 듣고 있어?! 도전을 받아들이지 않는다는 건, 내 승리……! ……메구밍, 왜 그래? 또 승부를 하고 있는 리저드 러너라도 발견한 거야?"

"……아뇨, 제가 잘못 본 걸 거예요."

융융이 어리둥절한 표정을 지으면서 묻자 나는 별것 아니라는 투로 그렇게 말했다.

……방금 그림자가 보인 느낌이 들었다.

아까 퇴치한 지렁이들을 먹기 위해 몰려온 커다란 새가 마차 위를 지나간 걸지도 모른다.

또 떠들어대기 시작한 융융을 상대하다보니 나는 그 그림자를 까맣게 잊어버렸다—.

4

"드시죠, 선생님! 많이 드시고 아까 사용한 마력을 조금이라도 회복하십시오!"

"가, 감사합니다."

"……"

그 후, 아무 일도 벌어지지 않았다. 그리고 해가 져서 주위가 어두워졌을 즈음—.

물가에 마차를 댄 상단은 야영을 시작했다.

캠프파이어를 하는 것처럼 모닥불에 둘러앉은 후, 융융은 이 상단의 리더에게 잡혔다.

"하지만 이렇게 마법 실력이 뛰어난 열세 살은 좀처럼 볼 수 없죠. 홍마족의 마을에서는 이게 평범한 건가요?"

"아, 아뇨. 제 동급생 중에는 이미 상급 마법을 익힌 이도 있으니까, 저는 평범하다기보다, 아직 미숙……."

"상급 마법! 그 나이에 상급 마법을 익힌 이도 있는 겁니까! 역시 마왕군도 두려워한다는 홍마족답군요!"

상단의 리더는 융융이 꽤 마음에 들었나 보다.

맛있어 보이는 고기 덩어리를 모닥불에 굽더니 융융에게 건넸다.

"……."

"……메, 메구밍도 먹어봐. 정말 맛있어."

내가 촘스케를 무릎에 얹은 채 그 모습을 지켜보고 있자, 융융이 나에게 말했다.

크……, 저걸 받아먹으면 왠지 지는 것 같았다.

아까 전투에서 내가 도움이 되지 못했던 것은 주위에 사람이 있었기 때문이다.

적들이 좀 더 넓고 떨어진 곳에 있었다면 융융보다 더 활약했을 것이다.

하지만 나는 홍마족 제일의 천재라 불리는 자다. 실패 한 번으로 기죽지는 않는다!

"동생 분도 드시죠! 자, 많이 드시고 언니처럼 되는 겁니다."

"……동급생이거든요?"

"예?! 이, 이거 실례했습니다. 저, 저기……. 융융 양이 여러모로 어른스러운지라 무심코……."

"어이, 내 발육에 대해 할 말이 있다면 어디 말해보실까."

내가 상단의 리더에게 한 소리 하려던 순간, 호위를 담당하는 모험가가 왔다.

가죽갑옷과 단검을 장비하고 있는 걸 보면 도적 클래스이리라.

"주위를 살펴보고 왔습니다. 이 근처에는 몬스터가 없는 것 같아요."

아무래도 지금까지 주위를 경계하고 온 것 같았다.

"그럼 최소 인원만 보초를 서게 하고, 일찌감치 휴식을 취하도록 할까요. 몬스터 중에는 불을 두려워하는 녀석이 많지만, 지능이 높은 몬스터는 오히려 불을 보고 다가오기도 하니까요. 다른 모험가들에게도 그렇게 해달라고 전해 주십시오."

리더가 그렇게 말하자, 그 모험가는 고개를 끄덕인 후 다른 모험가들에게 가려고 했다.

"아, 여, 역시 저도 같이 가서 직접 지시를 내리는 게 좋겠군요."

리더는 허둥지둥 그렇게 말하더니 보고를 하러 온 모험가와 함께 어딘가로 향했다.

……아무래도 나와 얽히는 게 싫어서 도망친 것 같았다.

다른 승객들은 여행을 하느라 지쳤는지 이미 마차 안에서 잠을 청하고 있었다.

모닥불 주위에는 윰윰과 나만 남아 있었다.

"……저기, 메구밍. 나, 오늘은 꽤 활약했지?"

윰윰은 약간 기쁜 표정을 지으면서 그렇게 말했다.

"호오, 전혀 활약을 하지 못한 저한테 자랑을 하는 건가요?"

"아, 아냐! 딱히 그런 건 아니니까 다가오지 말라구!"

살금살금 거리를 좁히는 나를 보고 당황했던 윰윰은 마음을 다잡은 후, 약간 멋쩍어하면서 말했다.

"……저기, 나 말이야. 마을에서는 그다지 눈에 띄는 존재가 아니었잖아?"

"그건 그래요. 때때로 잠복 스킬을 쓰고 있는 건 아닐까 하는 생각이 들 정도였죠."

"잠깐만, 말이 너무 심하잖아. ……뭐, 뭐, 됐어. 아무튼 오늘은 꽤 활약을 해서 다른 사람들에게 도움이 됐잖아?"

윰윰은 고개를 숙인 채 기쁜 어조로 말했다.

……바로 그때, 나는 춈스케가 어떤 곳을 지그시 쳐다보고 있다는 사실을 눈치챘다.

"그래서 말인데. 나, 아주 조금이지만 자신감이 생겼어. 실은, 상급 마법을 익힌 후에 할 생각이었지만……. 저기, 메구밍. 괜찮으면, 저기……. 나, 나와 함께……."

춈스케가 지그시 쳐다보고 있는 곳은 모닥불 너머였다.

그곳에 존재하는 시꺼먼 어둠에서 눈을 떼지 못했다.

저곳에 뭔가가 있는 걸까.

그렇게 생각하며 몸을 일으키려 하자—.

춈스케가 쳐다보던 어둠 속에서 날갯소리와 함께 뭔가가 튀어나왔다.

"하, 함께, 파티를……. ……어?"

튀어나온 무언가는 춈스케를 가로채더니 그대로 어둠속으로 사라지려…….

"……새로운 방식의 참신한 헌팅이군요. 춈스케를 테이크아웃 당하고 말았어요."

"뭐어어어엇?!"

어둠속에서 튀어나온 것은 춈스케를 탈취해가려는 한 마리만이 아니었다.

시끄러운 날개 소리를 내면서 차례차례 등장한 것은—.

"꺄아아아앗! 자이언트 배트! 자이언트 배트 무리가 나타났어~!"

커다란 독수리로 착각할 만큼 거대한 박쥐가 모닥불 불빛을 받으며 우리를 덮쳤다!

5

주위에 박쥐 사체가 굴러다니는 가운데, 나는 촘스케를 안아들었다.

"휴우, 위험했어요. 까딱 했으면 그대로 끌려가서 잡아먹힐 뻔 했네요."

"……."

내가 촘스케에게 말을 걸고 있을 때, 융융은 뭔가 할 말이 있는 눈길로 나를 쳐다보면서 거친 숨을 내쉬고 있었다.

"융융, 수고했어요. 또 엄청 활약했네요."

"좀 도우라구~! 어두워서 다른 모험가들도 좀처럼 공격을 명중시키지 못했단 말이야! 게다가 마력이……. 마, 마력이, 이제……."

비틀거리면서 그 자리에 주저앉은 융융의 곁으로 상단의 리더와 모험가들이 몰려왔다.

돕고 싶은 마음은 굴뚝같았지만, 이런 어둠 속에서 폭렬마법을 썼다간 아군이 휘말릴지도 모르기 때문에 쓸 수가 없었다.

"융융 양, 정말 수고했습니다! 또 도움을 받고 말았군요!

정말 당신이 없었다면 큰일이 났을 거예요……!"

"정말이야. 너, 실력이 끝내주는 구나! 대체 어떻게 중급 마법으로 그런 위력을 내는 거야?!"

"어이, 액셀에는 파티 멤버를 모집하러 가는 거지? 혹시 괜찮다면 우리 파티에……."

다들 입을 모아 융융을 칭찬했다.

하지만 마력이 거의 다 떨어진 융융은 말도 제대로 할 수가 없었다.

"자, 밤도 깊었고 융융 양은 마력이 다 떨어져서 지친 것 같으니, 이야기는 내일 하죠. 융융 양, 푹 쉬십시오!"

상단의 리더가 그렇게 말하자 다들 흩어졌다.

바로 그때, 융융의 주위에 있던 모험가 중 한 명이 나를 힐끔 쳐다보았다.

…….

"그런데 저 애는 뭘 하고 있었던 거야? 자이언트 어스웜이 나타났을 때도 그냥 어슬렁거리기만 하던데……."

"멍청아. 분명 마차에 있던 승객들을 지키고 있었던 거야."

"하지만 보통은 마법 한두 방 정도는……."

나는 그런 그들의 말을 들으면서 융융의 곁으로 향했다.

바닥에 주저앉아 있던 융융은 나를 보더니 배시시 웃었다.

"저기, 메구밍. 어땠어?"

어땠기는 무슨…….

모포로 몸을 말며 융융의 옆에 드러누운 나는 코까지만 모포 밖으로 내민 후 눈을 감았다.

딱히 활약을 못해서 분한 것은 아니었다.

"저기, 중급 마법으로도 꽤 활약했지? 나름 잘 싸웠다고 생각 안 해?"

"그러네요~!"

"자, 잠깐만, 폭렬마법을 못 썼다고 삐치지 마. 그, 그래서 말이야."

삐친 건 아니다!

토라진 것도 아니다!

"……저, 저기 말이야. 아까 하던 이야기 말인데. 저기…… 나와 같이 파티를……."

나는 너무 분하고 나 자신이 한심한 나머지 이를 갈았다. 그리고 융융의 말을 한 귀로 듣고 한 귀로 흘리며 대충 맞장구를 쳤다…….

6

다음 날 아침.

"어제는 수고 많았어! 이야, 홍마족은 정말 믿음직하네!"

"아, 아뇨……. 저, 저는 다른 홍마족에 비하면 아직 멀었어요……."

흔들리는 마차 안에서 융융은 오늘도 인기가 좋았다.

칭찬 받는 것에 익숙하지 않은 융융은 여전히 얼굴을 붉힌 채 고개를 숙이고 있었다. 하지만 자신감이 조금 생겼는지 목소리는 어제처럼 작지 않았다.

그 옆에서 내가 이를 갈며 창밖을 쳐다보고 있을 때—.

"나는 자느라 몰랐는데, 언니도 어젯밤에는 몬스터를 퇴치했어?"

맞은편에 앉은 여자애는 환한 얼굴로 나를 쳐다보며 물었다.

"이 언니는 만일의 사태에 대비한 비장의 카드예요. 진정한 강적이 나타났을 때가 바로 제가 나설 순간이죠. 그래서 어젯밤에는 저기 있는 하수 언니에게 맡겼어요."

"메구밍! 다 들리거든?!"

마차 한가운데에 앉아있던 하수가 큰 목소리로 항의했다.

"하지만 이걸로 두 번이나 몬스터에게 습격을 당했군요. 뭐, 또 공격당하는 일은 없겠죠. 이제 액셀까지 느긋하게 가죠."

"그러니까 그렇게 복선을 까는 발언 좀 하지 말란 말이야! 나쁜 일은 몇 번이든 일어나는 법이거든?!"

걱정 많은 융융이 그렇게 말하자 나는 훗 하고 웃었다.

—마지막 고블린이 쓰러진 순간, 나는 한숨을 내쉬었다.

"휴우……. 어떻게든 됐군요. 뭐, 저희 홍마족한테 걸리면

이 정도야 식은 죽 먹기죠."

"나와 모험가 분들이 고블린들을 쓰러뜨렸는데, 왜 메구밍이 해치운 것처럼 그딴 소리를 하는 거야?! 메구밍은 그냥 어슬렁거렸을 뿐이잖아! 내가 그렇게 복선이 될 것 같은 소리 좀 하지 말라고 했는데 말이야! 이렇게 몬스터들에게 연달아 습격당하는 건 메구밍 탓이라구!"

나는 융융의 말을 듣고 주위를 둘러보았다.

주위에는 어린애와 몸집이 비슷해 보이는 인간형 몬스터, 고블린의 시체가 굴러다니고 있었다.

……뭐랄까, 저기…….

나와는 관계없는 일이라고 생각하지만, 그래도 이 마차는 세 번이나 몬스터에게 습격을 받았다.

솔직히 말해 이 정도의 인원으로 구성된 상단이, 이렇게 짧은 기간 동안 세 번이나 습격을 당한다는 것은 말이 안 된다.

……진짜로 내가 괜한 소리를 한 탓일까.

아무리 상대가 고블린이라도 숫자가 숫자였던 만큼 모험가들은 거친 숨을 내쉬며 바닥에 주저앉아 있었다.

하필이면 액셀 마을 근처까지 와서 습격을 당한 것이다.

……정말 힘든 여행이었다.

마을에서 아르칸레티아로 텔레포트한 후, 마차로 액셀까지 향한다.

그런 간단한 여행을 하면서 왜 이렇게 고생을 하고 있는 걸까.

아르칸레티아에서는 이상한 아저씨에게 휘둘렸고, 액셀로 가면서는 이렇게 전투에 휘말렸다…….

지금까지 겪었던 소동을 떠올리고 있을 때—.

"언니."

마차 안에 숨어있던 여자애가 아주머니와 함께 밖으로 얼굴을 내밀었다.

그리고—.

"그리고 오빠들. ……정말, 고마워."

그 여자애는 방긋 웃으며 그렇게 말했다.

그 말을 들은 순간, 주저앉아 있던 모험가들의 얼굴에 미소가 어렸다.

그 모습을 보니 고생한 보람이 있는 것 같았다.

"괜찮아요. 이 정도 몬스터는 아무것도 아니거든요."

"저기, 왜 아무것도 하지 않은 메구밍이 가장 많은 활약을 했다는 표정을 짓고 있는 거야?! 결국 아무것도 안했잖아!"

대부분의 마력을 소모한 탓에 바닥에 주저앉아있던 융융이 벌떡 일어나서 나에게 따졌다.

그 모습을 본 모험가와 승객들이 웃음을 터뜨렸다.

—바로 그때였다.

“『커스드 라이트닝』!”

여성의 새된 목소리가 들리더니 한줄기 섬광이 생겨났다.

하늘에서 뿜어져 나온 그 섬광은 마차에 묶여있는 말 한 마리의 머리를 꿰뚫었다.

순식간에 머리를 잃고 쓰러지는 그 말을 본 모험가들이 벌떡 일어났다.

마법이 날아온 곳을 허둥지둥 쳐다보니—.

“후훗, 꽤 지쳤나 보네. 이번에야말로 월버그 님을 모셔가겠어. 너희의 실력은 파악했어. 그리고 너희를 도와줄 사람이 이런 곳에 나타날 리도 없지. 홍마의 마을이나 아르칸레티아 때처럼은 안 될걸?”

그렇게 말한 이는 더 이상 정체를 감출 생각이 없는지—.

등에 달린 날개로 하늘을 날고 있는 상위 악마 아네스였다.

나는 땅이 꺼져라 한숨을 내쉰 후—.

“당신도 정말 끈질기군요. 이 애는 제 애완동물인 춈스케예요. 이제 그만 포기하는 게 어때요?”

나는 그렇게 말한 후, 발치에 있는 춈스케를 안아들었다.

내가 이 뻔뻔한 사역마를 방패처럼 치켜들면 아네스가 당황할 줄 알았지만 그러지 않았다.

천천히 지상에 내려온 아네스는 여유 넘치는 표정으로 말했다.

“포기해야 하는 건 너야. ……그리고 이미 돈을 줬잖아. 월버그 님을 넘겨주지 않겠다면 돈을 돌려줘.”

“윽?!”

돈을 돌려달라는 말을 듣고 움찔했지만 이대로 상대에게 굴할 수는 없었다.

“내내내, 내가 그런 협박에 굴할 것 같아요? 악마와 한 거래는 일방적으로 엎어버리거나 떼먹어도 벌 받지 않는다고 아쿠시즈 교도들이 가르쳐줬어요!”

“아쿠시즈 교도들이라면 그런 소리를 하고도 남지만, 그건 좀 너무하다고 생각해! 메구밍, 돈이라면 내가 대신 갚아줄 테니까 이대로 물러나 달라고…….”

내 옆에 있는 융융이 그런 제안을 하자 이마에 힘줄이 선 아네스가 고함을 질렀다.

“이래서 인간은 신용할 수가 없는 거야! 악마가 혼을 받는 대신 소원을 들어주는 서비스를 폐지한 건 너희 인간들이 소원을 이룬 후에 말도 안 되는 억지를 부리며 혼을 내놓지 않거나, 말도 안 되는 소원을 빌어서라구! 인간들은 좀 성실하게 살란 말이야!”

설마 악마에게서 성실하게 살라는 말이 나올 줄은 몰랐다.

이 악마는 인간에게 심한 배신을 당한 적이 있는 걸지도 모른다.

"아무튼 이제 와서 돈을 돌려줘봤자, 월버그 님을 모시고 돌아갈 거지만 말이야! 자, 너희 중에서 가장 강한 건 저기 있는 홍마족 아가씨지?! 하지만 네가 마력을 전부 써버렸다는 건 알고 있어! 즉, 너희 중에 나에게 대항할 수 있는 사람은 없다는 거지. 다른 모험가들도 움직이지 마! 나한테 이 자리에 있는 너희 모두를 죽이는 건 일도 아니거든! 괜한 시간을 낭비하게 하지 말고 빨리 월버그 님을 내놔!"

……음?

융융이 마력을 다 썼다는 걸 안다는 것은, 아네스는 전투를 벌이는 우리를 지켜보다가 적당한 타이밍에 나타난 걸까.

아니, 그렇게 보기에는 석연치 않았다.

융융을 우리 중에서 가장 강하다고 말하는 이유가 뭘까.

홍마족 제일의 천재가 이렇게 떡하니 있는데도, 자신에게 대항할 수 있는 이가 없다고 말하니 짜증이 치솟았다.

"저기, 나는 아직 마력이 남아도는데요. 그리고 저야말로 이 상단에서 비장의 카드예요. 그러니 좀 더 긴장하는 게……."

"꺼져, 엉터리 홍마족."

…….

"어이, 누가 엉터리 홍마족이라는 건지 한번 말해보실까.

제가 누구인지 모르나 보군요. 내 이름은…….”

“마법을 쓰지 못하는 아크 위저드지? 나도 몇 번이나 실패를 할 수는 없거든. 아르칸레티아에서 여기까지 오는 동안, 너를 계속 관찰했다구.”

여기까지 오는 동안 관찰…….

나는 감이 왔다.

이 대규모 상단이 몇 번이나 몬스터에게 습격 당한다는 것은 말도 안 되는 일이었다.

“……그 대형 지렁이와 자이언트 배트, 그리고 고블린의 습격은, 혹시 당신이 꾸민 짓인가요?”

내가 그렇게 말하자 아네스는 즐거워 죽겠다는 표정으로 씨익 웃었다.

“눈치챘어? 맞아, 나를 몇 번이나 골탕 먹인 너한테 복수를 좀 해준 거야. 나정도 되는 악마가 살기를 뿜으면 약한 몬스터들은 허둥지둥 도망치거든. ……그래, 바로 그 표정이 보고 싶었어! 분해 죽겠다는 그 표정 말이야!”

이, 이 녀석……!

“당신 덕분에 제가 이번 마차 여행 동안 쓸모없는 애 취급을 당한 거군요! 그 대가를…….”

톡톡히 치르게 해주겠어요!

그렇게 말하려고 한 순간, 도적 클래스로 보이는 모험가가 갑자기 아네스에게 달려들었다!

실은 나도 저 모험가가 아네스에게 접근했다는 사실을 눈치채지 못했다.

분명《잠복》스킬을 쓴 상태에서 살금살금 다가간 것이리라.

아네스를 향해 몸을 날린 그 모험가는—.

"거슬리니까 꺼져!"

그녀가 대충 휘두른 주먹에 맞고 그대로 튕겨져 날아갔다.

상황을 지켜보며 빈틈을 노리던 다른 자들이 그 광경을 보고 깜짝 놀랐다.

공격을 당한 모험가는 꼼짝도 하지 않았다.

아네스의 주먹에 맞고 튕겨져 날아간 그는 팔이 이상한 각도로 꺾인 채 완전히 의식을 잃었다.

"이 녀석……! 어이, 너희들! 포위해!"

분명 저 자가 모험가들의 리더이리라.

중장비를 걸친 그 전사는 다른 모험가들에게 지시를 내리더니 일제히 아네스에게 달려들었다!

7

"—이, 이 녀석, 뭐야? 너, 너무 강하잖아……! 왜 이런 거물 악마가 풋내기 모험가의 마을 근처에 있는 거냐고!"

울상을 지은 그 모험가는 쥐고 있던 방패의 잔해를 내던지면서 그렇게 외쳤다.

—그야말로 참담한 광경이었다.

호위를 맡은 모험가들이 차례차례 쓰러졌고, 그 중에는 빨리 치료를 받지 않으면 목숨을 잃을 정도로 중상을 입은 이도 있었다.

스무 명이 넘는 모험가들 중, 두 발로 서 있는 이는 나와 융융을 제외하면 두 명 뿐이었다.

말이 죽은 탓에 마차로 도망칠 수도 없는 승객들은 겁을 먹은 채 상황을 지켜보고 있었다.

나와 융융도 승객이지만 마법사인 우리가 마차에 숨을 수는 없었다.

마력이 고갈된 융융은 은색 단검을 뽑아들더니 아네스의 빈틈을 살피고 있었다.

그리고 나는—.

"아네스, 싸워요! 저와 싸우잔 말이에요! 나야말로 천재라 불리는 자이자, 홍마족 제일의 마법사! 당신의 목적은 촘스케를 데려가는 걸 텐데요! 저한테 이긴다면 이 털북숭이를 당신 뜻대로……, 제 말 좀 들으라고요!"

촘스케를 언급하는데도 아네스가 계속 무시하는 바람에 짜증이 치솟고 있었다.

모험가들이 덤벼줘서 고맙기는 하지만 그들이 있기 때문에 폭렬마법을 쓸 수 없었다.

아네스에게 승부를 신청해서 다른 장소로 이동한 후, 결판을 내고 싶은데……!

"……너는 가장 마지막에 상대해줄게. 저항할 힘이 조금이라도 남아있는 녀석들을 전부 해치운 후에 말이야. 더는 네 페이스에 휘둘리지 않을 거야. 게다가 네가 마법을 못 쓴다는 건 알고 있거든. 아르칸레티아에서 나와 만났을 때도 마법을 쓸 수 있다면 영창 정도는 했을 거야."

아네스는 나를 쳐다보지도 않으면서 말했다.

내가 마법을 못 써?

그러고 보니 아까도 그런 말을 들었다.

하지만 홍마의 마을에서 폭렬마법을 쓸 수는 없었고, 아르칸레티아에서도 마을 한복판에 폭렬마법을 날릴 수가 없어서 그런 건데…….

"그때 감이 왔어. 어쩌면 너는 사정이 있어서 마법을 쓰지 못하는 걸지도 모른다는 생각이 들더라구. 혹시나 해서 몬스터들을 보내봤더니 아니나 다를까! 세 번이나 습격을 당했는데도, 너는 마법을 단 한 번도 쓰지 않았어!"

희희낙락하면서 그렇게 외친 아네스는 남은 두 모험가 중에서 한 명을 향해 몸을 날렸다.

모험가는 검으로 반격을 하려 했지만, 아네스는 검을 움켜잡더니 상대의 사타구니를 발로 차버렸다

무거워 보이는 판금갑옷을 입은 모험가는 그 발차기의 위력 때문에 몸이 한순간 떠올랐다.

입에 거품을 물며 기절한 그 모험가는 그대로 쓰러졌다.

"……엄청난 오해를 하고 있는 것 같군요. 제가 마법을 쓰지 않은 건, 저의 강대한 힘을 해방하면 주위에 있는 사람들에게 피해가 가기 때문이에요. 그들을 휘말리지 않기 위해 배려한 결과에 불과하다고요……. 그러니 이번에야말로 결판을……!"

"입만 산 홍마족 따위가 더는 지껄이지 마! 월버그 님을 방패 혹은 미끼로 삼으며 전투를 피해왔으면서, 이제 와서 결판을 내자구? 또 뭔가 꿍꿍이가 있는 거지?! 몇 번이나 속을 것 같아?!"

아네스가 마지막 모험가를 향해 손을 뻗었다.

"『라이트닝』!"

"으갸갸갸갸……?!"

지금까지 맨손으로 싸우던 아네스가 기습적으로 전격 마법을 날린 탓에 바로 반응하지 못한 모험가는 그대로 쓰러졌다.

바로 그때, 나에게 몰래 다가온 융융이 귓속말을 했다.

"메구밍, 액셀은 코앞에 있어. 도망치면 따라잡히기 전에 도착할 수 있을지도 몰라."

도망친다.

확실히 지금 상황에서는 도망치는 게 최선일 것이다.

상단의 마차 쪽을 힐끔 쳐다본 순간, 그 안에 있는 여자애와 시선이 마주쳤다.

……어떻게 할까.

촘스케를 데리고 도망치면 아네스는 나를 쫓아올 것이다.

그리고 촘스케가 다칠까봐 강력한 마법은 쓰지 못할 것이다.

하지만—.

"무슨 생각을 하고 있는지 맞춰볼까? 월버그 님을 방패삼아서 도망칠 생각을 하고 있지? 그렇게 몇 번이나 네 뜻대로 될 것 같아? 네가 도망치면 저기 굴러다니는 빈사 상태의 모험가들, 그리고 마차에 숨어있는 녀석들의 숨통을 끊어버리겠어. 내가 왜 모험가들을 살려뒀는지 잘 생각해봐."

노란 눈동자에 위험한 빛이 감돌고 있는 아네스는 입가를 일그러뜨리면서 말했다.

몇 번이나 촘스케를 인질로 삼은 바람에 이렇게 되고 말았다.

……큰일 났다. 어떻게 하지.

"자, 월버그 님을 넘겨. 그러면 지금까지 있었던 일을 잊어줄게. 그리고 너희 모두 살려주겠어."

아네스는 입가를 일그러뜨리더니 악마의 거래라는 걸 제시했다.

……악마가 계약이나 약속을 중시한다는 이야기는 들은 적이 있었다.

그렇다면, 촘스케에게는 미안하지만 이 거래에 응해야 할까.

아니면—.

"안 돼! 너 따위에게 춈스케를 줄 수는 없어! 이 애의 이름은 월버그 같은 게 아니라 춈스케란 말이야!"

……고민할 필요는 없을 것 같았다.

낯가림이 심하고 내성적인 융융조차도 저렇게 말하고 있으니까 말이다.

"거절하겠어요. 이 애를 원한다면 힘으로 빼앗아 보세요. 자, 융융. 단검을 빌려주세요! 춈스케를 인질 아니, 묘질(猫質)로 삼으면서 마을로 향하죠! 자, 아네스! 아까 이 털북숭이를 데리고 도망치면 다른 사람들에게 해를 끼친다고 했죠? 만약 해를 끼친다면 당신이 경애하는 이 털북숭이는 세련된 모히칸 헤어가 될 거예요!"

""뭐?!""

융융은 내 말을 듣더니 경악을 금치 못했다. 그리고 나는 한 손으로 춈스케를 안은 채 빨리 단검을 내놓으라는 것처럼 다른 한 손을 융융에게 내밀었다.

바로 그때, 아네스가 나를 향해 걸어왔다.

입가에 옅은 미소를 지은 채 딱히 경계하지도 않으면서 곧장 말이다.

"……어? 주저 없이 걸어오네요. 제가 이 뻔뻔한 털북숭이를 잡고 있다는 걸 잊지 마세요. 그냥 돌아가 준다면 이 애는 제가 잘 키우겠어요. 자, 이 애가 무사하길 원한다면……."

"네가 월버그 님을 해치지 못한다는 건 잘 알았어. 후훗, 이제 그런 협박은 안 통해."

아네스는 그렇게 말하면서 미소를 지었다.

크, 큰일 났다. 이렇게 세게 나올 줄은 몰랐다. 만에 하나라도 촘스케가 위험해질 수 있는 상황은 반드시 피할 거라고 생각했는데!

어쩌지, 어쩌면 좋지……!

하지만 이대로 촘스케를 내줄 수도……!

"……저 악마는 내가 상대할 테니까, 메구밍은 물러나있어!"

단검을 쥔 융융은 희미하게 떨면서도 앞으로 나섰다.

나는 왠지 항상 융융에게 보호받는 느낌이 들었다.

"단검 같은 걸로 뭘 어쩔 건데? 마법을 못 쓰는 홍마족은 아무짝에도 쓸모없는 존재잖아. ……저기 있는, 입만 산 홍마족을 말하는 거야."

…….

"메구밍은 쓸모없는 존재가 아냐! 메구밍은, 그러니까……, 나 같은 것보다 훨씬 대단한 마법사라구!"

융융은 떨면서 반박했다.

아네스는 그 말을 듣더니 걸음을 멈췄다.

"그럼 왜 마법을 안 쓰는 건데? ……안 쓰는 게 아니라, 못 쓰는 거잖아? 내가 알기로 홍마족은 상급 마법을 익혀야. 어엿한 홍마족으로 인정받는 다면서? 하지만 너는 중급 마법만 썼어. 메구밍이라고 했지? 너는 상급 마법을 익히기 위해 스킬 포인트를 모으고 있는 거야. 맞지? 정곡을 찔렀지? 이 허세 홍마족!"

…………

"……아까부터 말이 없네. 뭐라도 지껄여—."

"이제 됐어요."

나는 계속해서 도발하려 하는 아네스의 말을 막았다.

그리고 왼손으로 안고 있던 촘스케를 오른손으로 옮긴 후, 발치에 있던 지팡이를 왼손으로 쥐었다.

"이제 됐어요. 홍마족은 남이 걸어온 싸움을 반드시 받아 주죠."

"……응? 뭐가 이제 됐다는 거야? 나는 전혀—."

"이제 됐다고 말했을 텐데요. 제가 진짜로 입만 산 홍마족인지 아닌지 시험해 보겠어요?"

아네스는 나한테서 불온한 분위기를 감지했는지 한 걸음 물러섰다.

그리고 나를 경계하듯 주시하면서 말했다.

"진짜로 마법을 쓸 수 있는 거야? 이제 나한테는 협박이나 허세 같은 건 통하지 않아."

아네스는 그렇게 말하면서도 명백하게 나를 경계하고 있었다.

"메, 메구밍, 뭘 어쩔 생각이야……?"

융융도 불온한 분위기를 감지했는지 머뭇거리면서 물었다.

"……그렇게 쵸스케를 원하나요?"

""뭐?""

내가 느닷없이 그렇게 말하자 아네스는 물론이고 융융까지 당황했다.

뭔가를 느낀 이는 아네스와 융융만이 아닌 것 같았다.

나한테 얌전히 잡혀있던 쵸스케가 갑자기 버둥거리기 시작했다.

나는 쵸스케를 쥔 오른손을 허리 뒤편으로 뺀 후—.

"순순히 넘겨준다면, 아까 말했다시피 살려줄 수도……."

"그럼 넘겨줄 테니 『반드시』 받으세요."

나는 무슨 말을 하려는 아네스의 뒤편 하늘을 향해—.

쵸스케를 던져버렸다.

"메구밍, 뭐하는 거야아아아아아앗!"

"꺄아아아아, 월버그 니이이이이이님~!!"

아네스는 절규를 지르면서 엄청난 속도로 날아오르더니 공중에서 쵸스케를 잡았다.

나는 지팡이를 양손으로 쥔 후, 쵸스케를 잡기 위해 하늘 높이 날아오른 아네스를 향해……!

"안 돼애애애앳! 메구밍, 너 지금 뭘 하려는 거야?! 영창 스톱, 안 돼, 안 돼애애애앳!"

내가 폭렬마법을 영창하기 시작하자 융융이 엉엉 울면서 내 팔을 잡고 늘어졌다.

"뭐하는 건가요?! 지금이 절호의 기회예요! 적은 하늘에 있어요! 지금이라면 적에게 폭렬마법을 날려도 피해가 발생하지 않을 거라고요!"

"발생해! 춈스케가! 적한테 잡혀 있는 춈스케가 안 보이는 거야?!"

내가 진심이라는 걸 아는 융융은 필사적으로 나를 말렸다.

"춈스케는 제 사역마에요! 사역마가 위기에 처한 주인을 구하기 위해 목숨을 잃는 건 어쩔 수 없는 일이죠. 나중에 무덤을 만들어 줄 테니…… 아앗, 그만하세요! 지팡이를 놓으라고요! 입만 산 홍마족이라는 소리를 들은 이상, 가만히 있을 수는 없다고요!"

"안 돼! 아니, 절대 못 돼! 홍마족이면 상대의 도발을 냉정하게 흘려넘기라구!!"

융융과 내가 다투고 있을 때, 하늘에서 기묘한 기운이 느껴졌다.

그쪽을 쳐다보니 눈에 핏발이 선 아네스가 한 손으로 춈스케를 안아든 채, 하늘을 향해 다른 한 손을 들고 있었다.

날개를 펄럭이며 공중에 떠있는 아네스가 마법을 영창하

기 시작했다.

"융융! 이대로 있다간 아네스의 마법이 완성될 거예요! 저희가 당한 후, 아네스가 화풀이 삼아 상단 사람들과 모험가들을 다 죽일지도 모른다고요! 빨리 지팡이를 놓으세요!"

"하지만! 하지마안!! 나도 그건 알지만, 머리로는 이해하고 있지만! 그래도 메구밍은 너무 매정해! 호, 홍마족의 가르침에 따르면, 이렇게 위기에 처했을 때야말로 어딘가에서 도움의 손길이……! 아아아아, 나는 바보야! 그런 일이 벌어질 리가 없잖아! 신이시여, 신이시여, 행운의 여신 에리스 님이시여~!"

"이럴 때 신에게 매달리는 건가요?! 그리고 당신도 홍마족이라면 파괴신에게 기도를 드리라고요! 갑니다……!!"

융융에게 방해를 받으면서도 나는 지팡이를 쥐며 억지로 폭렬마법을 영창했다.

아네스를 쳐다보니 그녀의 머리 위에는 거대한 불덩어리가 떠있었다.

저걸 맞으면 우리는 뼛조각도 남지 않을 것이다.

그 불덩어리는 아네스의 몸집보다 거대했다……!

"홍마의 마을에 봉인되어 있던 이름 없는 사신과 파괴신, 그리고 여신 에리스 님! ……그리고 겸사겸사 물의 여신 아쿠아 님……! 우리 모두 무사하다면 메구밍한테 인정머리가 생기도록 갱생시킬게요! 그러니 부탁이에요! 춈스케도, 우리 모두도 구해주세요!!"

"저, 저를 대체 뭐로 보고 그런 소리를 하는 거죠……?! 그리고 포기하세요! 세상은 야박하다고요! 그렇게 잘 풀릴 리가……!"

―거기까지 말한 순간이었다.

폭렬마법을 펼치는 나조차도 몸서리를 치게 만드는 엄청난 마력이 느껴졌다.

그야말로 세상을 변모시킬지도 모를 만큼 엄청난 마력을 느낀 나는, 무심코 영창을 멈추면서 그 마력이 느껴진 곳을 쳐다보았다.

그것을 느낀 사람은 나만이 아닌 것 같았다.

융융도 온몸을 부르르 떨면서 나와 같은 방향을 쳐다보았다.

그리고―.

"……윽?! 이이, 이 마력은 뭐지……?! 아냐, 이건 신기(神氣)……?!"

아네스는 아르칸레티아에서 제스터에게 정화당할 뻔 했을 때보다도 더욱 공포에 질린 표정을 짓더니, 마법 영창을 중단하며 벌벌 떨었다.

마치 천적이라도 만난 것 같았다.

아네스가 떨면서 쳐다보고 있는 방향은 우리와 같았다.

그곳은 우리의 목적지인 액셀 마을이었다.

아네스는 진심으로 겁먹은 것 같았다.

안고 있던 춈스케가 빠져나간 것을 한동안 눈치채지 못할 정도로 말이다.

"……아앗!!"

하늘에 떠있던 아네스는 그제야 자신이 실수를 했다는 사실을 알았다.

그녀는 허둥지둥 춈스케를 쫓으려 했지만, 융융이 춈스케를 향해 전력질주를 하는 모습을 보더니 움직임을 멈췄다.

융융은 떨어지는 춈스케를 무사히 잡았다.

그 모습을 보고 안도한 아네스는—.

"……뭐, 뭐뭐, 뭐야……?!"

자신을 향해 지팡이를 든 채 폭렬마법의 영창을 끝낸 나를 쳐다보았다.

내 지팡이 끝에서는 방대한 마력이 압축되어 새하얀 빛을 뿜고 있었다.

마차 안에서 상황을 지켜보던 승객들이 숨을 삼키며 그 빛을 쳐다보고 있었다.

마력이 없는 그들도 이 빛이 범상치 않다는 사실을 본능적으로 아는 것이리라.

얼굴이 새파랗게 질린 아네스는 마른 침을 삼켰다.

"……그건 무슨 마법이야?"

"폭렬마법이에요."

내가 바로 대답하자 아네스는 부르르 떨었다.

춈스케를 안아든 융융이 나를 향해 뛰어오고 있지만, 아네스는 나에게서 눈을 떼지 못한 채 꼼짝도 하지 않았다.

"……좋아. 이번에는 이대로 물러날게, 홍마족. 입만 살았다고 말해서 미안해."

"미안해할 필요 없어요. 홍마족은 전투에 있어서 인정사정없는 종족이거든요. 이대로 당신을 놔줄 만큼 물러터지지 않았다고요."

아네스는 그 말을 듣더니 공중에서 딱딱하게 굳어버렸다.

그리고 딱딱한 미소를 지으면서 재빨리 나를 향해 손을 들더니……!

"『커스드 라이트—』."

"『익스플로전』—!!!!!"

아네스보다 한 발 먼저—.

내 필살마법이, 이 날 처음으로 액셀 마을의 하늘을 뒤흔들었다.

8

"이야, 대단하신 분을 알아보지 못해 죄송합니다! 아, 의심한 건 아니에요. 예, 저는 당신이 엄청난 실력을 지닌 대마법사라는 걸 알고 있었거든요!"

마력이 다 떨어진 나는 특등석이 된 창가 자리에 앉아, 상단의 리더에게서 찬사를 듣고 있었다.

아네스에게 폭렬마법을 날린 후, 부상자들을 수용한 상단은 다시 액셀 마을로 향했지만—.

"그건 그렇고, 전력을 다하는 홍마족은 정말 엄청나네. 하늘과 땅이 뒤집어지는 줄 알았어."

"하늘을 향해 마법을 날렸는데, 지면에 구덩이가 생겼다고. 위력이 상상을 초월하잖아. 그건 대체 어떤 마법이야? 상급 마법이라는 걸 쓸 수 있는 마법사는 몇 안 된다고 들었는데, 설마 그게 상급 마법이야?"

나는 그 질문에 일일이 답해줬다.

실은 자고 싶지만 남들이 치켜세워주니 기분이 좋았다.

나와 마찬가지로, 마력을 대부분 사용하여 내 옆자리에 축 늘어진 융융의 분해 죽겠다는 시선을 더 받고 싶기도 했다.

"하지만 그 악마는 정말 강했지. 뭐, 그런 엄청난 폭발을 견뎌내지는 못했을 거야."

한 팔을 움켜쥔 모험가는 고통 섞인 목소리로 그렇게 중얼거렸다.

—악마족은 지옥의 주민이다.

이 세상에서 육체를 소멸시키더라도 완벽하게 해치웠는지는 알 수 없다.

초거물 악마 중에서는 통칭 《잔기(殘機)》라고 불리는 여분의 영혼을 이용해 즉시 부활할 수 있는 이도 있다고 한다.

하지만 아네스와 이 세상에서 또 만나는 일은 없으리라.

"그 악마 아가씨는 실력도 엄청났지만, 다른 데도 엄청나긴 했지……."

………….

한 모험가가 그 말을 입에 담자, 다른 모험가들이 차례차례 아네스의 겉모습에 대한 감상을 늘어놓았다.

……이 마을에서 파티 멤버를 구할 때는 성희롱을 당하지 않도록 제대로 된 인간만 모집하자.

내가 축 늘어진 채 그런 생각을 하고 있을 때였다.

"저기, 메구밍은 역시 대단하다니깐. 그런 악마까지 해치웠잖아……."

옆에 있는 융융이 나에게만 들릴 정도의 목소리로 중얼거렸다.

"제가 대단한 건 당연한 일 아닌가요? 저는 홍마족 제일의 마법사니까요."

융융은 내 말을 듣더니 약간 분한 듯이, 그러면서도 즐거운 듯이 웃었다.

"……저기, 내가 어젯밤에 했던 이야기 말인데. 그거 그냥 못 들은 걸로 해주면 안 될까?"

그리고 그녀는 쓴웃음을 지으며 말했다.

어젯밤에 했던 이야기가 뭐지?

그러고 보니 어제 어떤 제안을 들은 것 같은데 기억이 나지 않았다.

졸려서 대충 맞장구를 치기만 했는데…….

어제 했던 이야기가 생각이 나지 않아서 아무 말도 하지 않자, 융융은 착각을 했는지 허둥지둥 말했다.

"오, 오해는 하지 마! 딱히 메구밍과 손을 잡는 게 싫은 건 아냐! 실은…… 그랬다간 내가 메구밍의 방해가 될 것 같아. 그래서……."

융융은 각오를 다진 표정을 짓고 나를 쳐다보며 말했다.

"좀 더 수행을 해서 상급 마법을 익힌 후에, 그때야말로 결판을 내자. 그리고……."

그 후에도 이런저런 말을 한 것 같지만 목소리가 너무 작아서 들리지 않았다.

융융이 수행을 해서 익혀야 할 것은 상급 마법이 아니라 커뮤니케이션 능력이라는 생각이 들었다.

하지만, 뭐…….

"좋아요. 그때야말로 결판을 내죠. 뭐, 제 아무리 수행을 하더라도 융융이 엉엉 울면서 돌아가게 되겠지만요."

"두고 봐! 엄청 강해져서, 메구밍이 나한테 도움을 청하게 만들 거야!"

둘이서 좌석에 기댄 채 말다툼을 하고 있을 때, 맞은편에서 웃음소리가 들렸다.

과자를 줬던 아주머니와 꼬마 여자아이였다.

모처럼 대활약을 하는 모습을 보여줬는데 꼴사나운 모습을 보여주고 말았다.

융융과 둘이서 약간 부끄러워하고 있을 때…….

"저기, 엄청난 마법사 언니."

여자애가 만면에 미소를 지으며 말했다.

"엄마와, 우리를 구해줘서 고마워!"

……나와 융융은 서로를 쳐다보며 방긋 웃었다.

모험가는 항상 이런 식으로 주민들에게 사랑받고 감사받는 것일까.

그렇다면 이 마을에서 열심히 모험가 생활을 해야겠다는 생각이 들었다.

"저기, 메구밍. 그런데 말이야."

융융은 기묘한 표정을 지으면서 말했다.

"그때, 액셀 마을 쪽에서 한순간 엄청난 마력이 느껴지지 않았어? 마치……. 응, 마치 누군가가 신의 기적 급의 마법이라도 쓴 것처럼 말이야."

……그것은 나도 신경이 쓰였다.

"그건 대체 뭐였을까요? 그 후로는 아무것도 느껴지지 않았어요. 아니, 타이밍이 너무 좋았어요. 융융, 그때 기도를 드렸죠? 어쩌면 변덕쟁이 신이 도와준 걸지도 몰라요."

"뭐어?! 하지만 어쩌지? 나, 그때 별의별 신에게……. 그야말로 사신과 파괴신을 비롯해 생각나는 모든 신에게 기도했었던 것 같은데……."

…………

"뭐, 뭐어, 괜찮지 않겠어요? 어차피 다들 살았으니까요."

"그, 그건 그렇지만……. 이 마을에서 무슨 일이 일어난 건지 신경 쓰여……."

그렇게 말하고 생각에 잠긴 융융을 곁눈질하며 몸을 약간 일으킨 나는 창밖을 쳐다보았다.

우리를 태운 마차는 마침 액셀 마을 안으로 들어왔는지 안전을 위해 속도를 줄였다.

마차는 마을 안의 돌로 된 길을 거친 소리를 내면서 나아갔다.

바로 그때—.

호기심으로 눈을 반짝이고 있는 갈색 머리카락의 소년과, 입을 쩍 벌리고 있는 물빛 머리카락의 예쁜 소녀가 눈에 들어왔다.

두 사람 다 나보다 약간 연상 같아 보였다.

"……이세계야. ……어이, 진짜 이세계라고. 지, 진짜로 나는 이제부터 이 세상에서 마법 같은 걸 쓰거나, 모험 같은 걸 하는 거야?"

열린 창문을 통해 소녀의 목소리가 들려왔다.

이 사람들도 방금 액셀에 도착한 걸까.

"아…… 아아…… 아아아아……."

소녀는 부들부들 몸을 떨면서 비명을 지르고 있었다.

……저, 저 사람들은 대체 뭐하는 이들일까.

엄청 눈길을 끈다고 할까, 신경 쓰인다고 할까…….

"짐승귀야! 짐승귀가 있어! 앗, 엘프귀다! 저 사람은 엘프야?! 미형인 걸 보니 엘프가 맞나 보네! 잘 가라, 은둔형 외톨이 생활! 반가워, 이세계! 이곳에서라면 나도 얼마든지 집밖에 나가서 일할 수 있다고!"

"아아아…… 아아아아…… 아아아아아아!"

그 소년은 영문 모를 소리를…… 아니, 가능하다면 이해하고 싶은 소리를 외쳐대고 있었다.

그리고 옆에 있는 소녀는 점점 더 격렬하게 떨고 있었다.

우리를 태운 마차가 그런 특이한 두 사람의 옆을 지나갔다.

"어이, 시끄러워. 이러다 나까지 머리가 이상한 여자의 동료라는 오해를 받겠다고. 그것보다 너, 나한테 줄 게 있지 않아? 내 지금 옷차림 좀 보라고. 운동복 차림이야. 모처럼 판타지 세계에 왔는데 운동복 차림은 좀 너무하지 않아? 그러니 게임처럼 최소한의 초기 장비 같은 걸……."

"아아아아아아아아아아아아아아아아아아아아아아앗~!!"

창문을 통해 밖을 쳐다보니 소녀가 소년의 목을 조르려 하고 있었다.

“우왓! 뭐, 뭐하는 거야?! 그만해! 알았어, 초기 장비는 내가 알아서 장만할게! 아니, 그것보다 잘못했어! 그렇게 싫으면 이제 그만 돌아가. 지금부터는 나 혼자서 어떻게든 해볼게.”

소년은 귀찮다는 듯이 손을 휘휘 내저었다.

“너 지금 무슨 소리를 하는 거야?! 돌아가지 못하니까 내가 이러는 거라구! 어떻게 하지?! 응?! 어떻게 하면 되냐구! 나 이제 뭘 어떻게 하면 돼?!”

……잘은 모르겠지만 이 두 사람과는 얽히지 않는 편이 좋을 것 같았다.

나는 그런 두 사람의 고함 소리를 들으면서 마차 안을 향해 고개를 돌렸다.

나도 이제부터 어떻게 할까.

어느새 내 옆에서 곤히 자고 있는 융융을 쳐다본 나는—.

바깥에서 들려오는 시끌벅적한 소리를 들으며 잠을 청하기로 했다.

막간 극장【종막】

—아쿠아 님, 감사합니다!—

메구밍 양이 액셀 마을로 떠나고 며칠이 흘렀을까.

그 사랑스러운 로리가 나타나기 전의 평온한 나날이 돌아왔을 뿐, 이지만…….

"내 우뭇가사리 슬라임이……."

……그렇다.

그 여자 악마는 하필이면 내 우뭇가사리 슬라임으로 범행을 저지른 것 같았다.

메구밍 양을 배웅한 후, 주방에서 우뭇가사리 슬라임을 만들려고 했는데…….

숨겨뒀던 우뭇가사리 슬라임 포대가 사라졌다.

그 여자 악마, 아쿠시즈 교단의 총본부에 침입하다니 배짱 한번 좋네.

절대, 절대, 용서하지 않겠어!

안 그래도 이상적인 로리와 작별해서 아픈 내 가슴에 비수가 꽂힌 기분이 들었다.

이럴 줄 알았으면, 그냥 메구밍 양을 쫓아서 액셀 마을에 갈 걸 그랬다.

—내가 분노와 함께 후회로 마음속을 가득 채우고 있던 바로 그때였다.

“신탁이 내려졌노라아아아아아아아앗!”

제스터 님이 갑자기 고함을 질렀다.

무슨 일일까. 드디어 치매가 든 걸까.

원래 기행을 많이 하던 분이지만 신탁 같은 소리까지 하다니…….

나뿐만 아니라 다른 교단 사람들에게서도 불쌍한 사람을 쳐다보는 시선을 받고 있는 가운데, 제스터 님은 흥분한 목소리로 양손을 펼치더니…….

“아쿠아 님으로부터의 성스러운 전파를 수신했노라! 다들, 잘 듣도록! 아쿠아 님께서! 멀리 떨어진 곳에서, 곤란해하고 계시다는 전파가 나에게 전해졌다!”

……그런 흘려들을 수 없는 소리를 들었다.

“아쿠아 님께서?!”

“제스터 님. 당신이 그 어떤 멍청한 소리를 해도 그냥 무시하고 넘어갔겠지만, 아쿠아 님을 미끼로 쓰는 건 농담으로 넘길 수가 없거든요?”

교단 사람들에게 미심쩍은 시선을 받으면서도 제스터 님은 열이 나는 표정을 지으며…….

“『나는 아쿠아. 아쿠시즈 교단이 숭배하는 신, 여신 아쿠아야! 그대, 만약 내 신자라면……! ……돈 좀 빌려주시면 정말 감사하겠어요.』…… 여기는 액셀 마을인가?! 이 성스러운 전파는 그곳에서 뿜어져 나오고 있는 것이 틀림없노라!"

강렬한 눈빛을 띤 제스터 님이 단호한 목소리로 말했다.

평소의 제스터 님은 아무짝에도 쓸모없는 사람이지만, 일단은 경건한 아쿠시즈 교도다.

이 마을의 아쿠시즈 교도들도 아쿠아 님을 향한 제스터 님의 신앙심만은 인정한다.

다른 것이라면 몰라도 아쿠아 님의 명예를 손상시키는 거짓말을 할 리가 없었다.

액셀이라면, 메구밍 양이 향한 마을이었다.

……신의 계시다.

"뭐가 어떻게 된 것인지는 모르겠지만, 아쿠아 님께서 돈을 필요로 하시는 것은 틀림없습니다. 액셀 마을에서 무슨 일이 벌어진 건지는 알 수 없어요. 하지만 그 마을에 머지않아 위기가 찾아오겠지요……."

이것은 아쿠아 님께서 내려주신 계시다.

그렇다. 아쿠아 님의 말씀 중에는 이런 게 있었다.

『그대, 뭔가를 고민하고 있다면 현재를 즐겁게 살라. 그냥 편한 쪽을 택하라.』

"그러니, 사람을 파견해 액셀 마을의 상황을 살필까 합니다."

『자신을 억누르지 말고, 본능에 따라 나아가라』……고 아쿠아 님께서는 말씀하셨던 것이다.

제스터 님이 주위에 있는 아쿠시즈 교도를 둘러본 것과—.

"누가 액셀 마을에 가겠—."

내가 손을 든 것은 거의 동시였다.

—아쿠아 님. 감사합니다!

에필로그

액셀 마을의 한 여관.

악마를 격퇴한 답례라면서 그 상단의 리더가 방을 준비해 줬다.

피곤한 몸을 이끌고 그 방에 들어간 나는 그대로 침대에 드러누웠다.

……졸리다.

마력이 다 떨어진 탓에 몸이 무겁고 엄청 졸렸다.

뭐, 이 졸음의 원인은 마력결핍만이 아니지만 말이다.

지금 생각해보니 홍마의 마을을 떠난 후로 많은 일이 있었다.

내가 홍마의 마을에서 보냈던 생활은 대체 뭐였던 걸까.

바깥세상은 비일상적인 일이 넘쳐흐르고 있었다.

정말 짧은 시간 동안 별의별 일을 다 겪었다.

……하지만 아주 조금이기는 해도 좋은 추억이랄까. 뭐, 이상한 사람들과 만나기도 했지만—.

누군가가 드러누운 나의 등을 밟는 감촉이 느껴졌다.

뻔뻔하기 그지없는 내 사역마가 주인이 약해진 틈을 이용해 멋대로 행동하고 있었다.

나는 재빨리 몸을 일으킨 후, 등 위에 있던 촘스케를 잡아서 이불 안으로 집어넣었다.

바로 그때, 침대 위에 던져뒀던 가방 안의 내용물이 쏟아졌다.

그 안에서 눈에 익은 그림책을 발견한 나는 침대에 벌러덩 누운 채 그 책을 쥐었다.

—그 그림책에는 매우 유명한 옛날이야기가 실려 있었다.

옛날 옛적에 천재라고 불린 소년이 있었습니다.

그 소년은 조금만 싸워도 순식간에 강해지는 불가사의한 힘을 지녔습니다.

모험가들은 그 소년을 동경하면서도 한편으로 두려워했습니다.

소년은 항상 외톨이였습니다.

그런 소년에게—.

어느 겁 없는 모험가 그룹이 파티를 짜자고 제안했습니다.

하지만 그 소년은 말했습니다.

『치트가 있으면 동료는 필요 없어. 솔로로 오케이. 벌어들인 돈도 독차지 할 수 있다고. 솔로 최고!』라고 말이죠.

확실히 그 소년은 솔로로 활동해도 문제가 없을 정도로 강했습니다.

소년은 너무 강해, 혼자서 마왕의 부하들을 차례차례 쓰러뜨렸습니다.

궁지에 몰린 마왕은 소년과 정면에서 맞붙어서는 승산이 없다고 판단했습니다.

소년을 쓰러뜨리기 위해서는 어떻게 하면 좋을까?

마왕은 소년이 항상 솔로로 활동을 하고 있다는 사실을 눈치챘습니다.

마왕의 성에 쳐들어온 소년과 대치한 마왕군 간부가 말했습니다.

『용사라는 녀석이 동료도 한 명 없는 외톨이야? 완전 웃기네! 보통은 동료와 힘을 합쳐 위기를 극복한 끝에 마왕을 쓰러뜨리는 게 정석이라고! 너, 친구도 없지? 그런데 뭘 위해서, 누구를 위해서 싸우는 건데? 그냥 확 마왕군에 들어와. 이쪽에는 예쁜 애들이 잔뜩 있다고.』

마왕군 간부가 어떻게 할지 결정을 한 후에 다시 오라고 말하자, 그 소년은 순순히 돌아갔습니다.

이윽고 소년은 다시 마왕성에 쳐들어왔습니다.

그리고 마왕군 간부와 대치한 후 말했죠.

『나는 외톨이가 아니라, 고고한 솔로 플레이어야. 친구도 없는 게 아니라 만들지 않는 거라고. 동료 같은 걸 만들어봤자 거치적거리기만 할 게 뻔해. ……그리고 뭐가 예쁜 애들이 잔뜩 있다는 건데. 내가 그런 달콤한 말에 속을 것 같아?! 마왕과 거래 같은 걸 했다간 최악의 결말을 맞이하게 될 게 뻔하다고. 나는 인류의 평화를 위해 싸우고 있는 거야!! 너 같은 녀석한테는 볼일 없어. 내 목적은 마왕의 목이야! 봐줄 테니까 빨리 내 눈앞에서 꺼져!』

마왕군 간부는 자신을 손가락으로 가리키며 그렇게 말한 소년에게 말했습니다.

『그 대사, 일주일이나 고민한 끝에 나온 게 아니었다면 폼 좀 났을 텐데 말이야.』

—마왕군 간부는 목숨을 부지하지 못했습니다.

분노에 찬 소년은 그대로 마왕성 최심부로 향했습니다.

그 누구도 소년을 막을 수 없었습니다.

이윽고 소년은 마왕이 있는 곳에 도착했습니다.

옛날부터 용사와 마왕의 대결은 1대 1로 치러지는 게 법칙이었습니다.

하지만 그곳은—.

설령 룰 위반일지라도 한 걸음도 물러서지 않고, 사상 최강의 용사가 상대인데도 도망치지 않으며, 마왕을 지키려 하는 부하들로 북적대고 있었습니다.

—나는 그림책을 덮은 후, 가장 안쪽에 소중히 넣어뒀다.

천재라 불리며 항상 혼자서 싸워온 소년에게는, 라이벌이 없었던 걸까.

건방진 소리를 하지만 사랑스럽기 그지없는 여동생 같은, 가족은 없었던 걸까?

—그것은 누구나 다 알고 있는, 이윽고 마왕이라고 불리게 되는 소년의 이야기다.

어느새 찾아온 수마(睡魔)를 거스르지 못한 나는 그대로 눈을 감았다.

나는 이 마을에서 내가 그토록 바라왔던 좋은 동료들과 만날 수 있을까.

만약 만날 수 있다면 그들은 대체 어떤 사람들일까.

바라건대…….

소년을 두려워하지 않고 말을 건, 그 파티 멤버 같은 사람들이길—.

STAFF

원작 / 아카츠키 나츠메

이웃들에게 한낮에도 집근처를 어슬렁거리며 수상한 인물로 여겨지는, 자칭 작가 아카츠키 나츠메입니다. 다른 작가 분들처럼 후기에서 제 작품에 대한 설명을 하고 싶습니다만, 이 작품의 독자 여러분이라면 그런 것보다 재미있는 재주나 한 번 부려보라고 하실 것 같아서 안 합니다.
설명 같은 걸 할 페이지도 없고요!
아무튼, 이 책의 제작에 참여해주신 모든 분들,
그리고 이 책을 읽어주신 독자 여러분께 진심으로 감사드립니다.

일러스트 / 미시마 쿠로네

이러쿵저러쿵 하면서도
서로가 좋아 죽는 메구밍과 융융이 정말 끝내줍니다……!
좋은 라이벌이라니까요!

본문기사

아루에

디자인

무카데아 유우코+나카무라 나나후시
(무시카고 그래픽스)

편집

카도카와 스니커 문고 편집부

CAST

메구밍　융융　코멧코　춈스케

아루에　도돈코　후니후라

체케라　붓코로리

세실리 제스터

아네스

아쿠아 사토 카즈마

SPECIAL THANKS

미츠루기 쿄야

홍마의 마을 여러분

아르칸레티아 마을 여러분

아쿠시즈 교도 여러분

에리스 교도 여러분

마차 승객 여러분

마차를 호위하던
모험가 여러분

『이 멋진 세계에 폭염을! 2
융융의 턴』

— 완 —

■역자 후기

안녕하십니까. 근로청년 번역가 이승원입니다.

『이 멋진 세계에 폭염을!』 2권을 구매해주셔서 진심으로 감사드립니다.

저는 일본으로 향하는 배 안에서 이 후기를 쓰고 있습니다.

……요즘 들어 이런 케이스가 늘어가는 것 같네요. 일본 출장을 가면서 이렇게 번역 일거리를 들고 가는 케이스가 말이죠.

짐, 아니 일을 훌훌 털고 가벼운 마음으로 일본에 가서 업무를 본 후, 일본 편의점에서 산 먹거리를 안주 삼아 맥주 한 잔 느긋하게 하는 게 제 낙이었습니다만……. 언제부터인가 일본 호텔에서 피를 토하며 일을 하는 게 일상이 되어가고 있습니다, AHAHA.

뭐, 망망대해를 감상하며 맥주(?) 버프로 일을 하는 것도 나름 운치가 있……겠죠? 있는 거겠죠? 그저 불쌍한 역자의 현실 도피 같아 보이는 건 아니죠?!

혀, 현실도피는 그만하고 이번 작품에 대한 이야기를 조금 해볼까 합니다.

스포일러가 포함되어 있을 수 있으니 본편을 읽지 않으신 분들은 유의해주시길!

지난 권은 메구밍이 자신의 아이덴티티(?)라 할 수 있는 폭렬마법을 익히는 여정을 그리고 있었다면, 이번 권은 폭렬마법을 얻은 그녀가 액셀로 향하는 여정을 그리고 있습니다.

그 과정에서 매우 많은 일들이 일어납니다.

하지만 그 안에서 가장 골 때리는 건…… 역시 아쿠시즈 교도들이 아닐까 합니다. 그 나물에 그 밥(?). 아니, 그 신에 그 신도라고나 할까요. 왜 마왕군도 아쿠시즈 교도를 두려워하는지 처절하게 깨달았습니다.

특히 아쿠시즈교의 최고 책임자라는 제스터는 정말……. 빨리 체포되는 게 이 세상을 위해서도 좋지 않을까 하는 생각마저 들었습니다.

게다가 4권에서 카즈마가 당했던 악랄한 종교 권유를 고안한 사람이…… 이 사실이 알려지는 순간, 카즈마의 파티가 공중분해 되지 않을까 하는 생각마저 드네요.^^

아쿠시즈교의 다음 폭주(?)를 기대해야겠습니다!

그럼 이만 줄이겠습니다.

이 작품을 저에게 맡겨주신 L노벨 편집부 여러분. 이번에도 폐 많이 끼쳤습니다. 다음 권에서도 잘 부탁드리겠습니다.

일본에 라면 제패하러 가는 악우여. 라면을 먹는 건 좋지만, 2박 3일 동안 라면을 열 번이나 먹는 건 좀 그렇지 않소이까.ㅠㅜ

마지막으로 언제나 제게 버팀목이 되어주시는 어머니와 『이 멋진 세계에 폭염을!』을 읽어주신 모든 분들에게 진심으로 감사드립니다.

메구밍과 융융이 결혼(?!)해야 한다는 생각이 절로 들게 하는 3권 역자 후기 코너에서 다시 뵙겠습니다!

2015년 3월 중순

역자 이승원 올림

이 멋진 세계에 폭염을! 2
융융의 턴

1판 1쇄 발행 2016년 4월 10일
1판 8쇄 발행 2020년 4월 22일

지은이_ Natsume Akatsuki
일러스트_ Kurone Mishima
옮긴이_ 이승원

발행인_ 신현호
편집부장_ 윤영천
편집진행_ 김기준 · 김승신 · 원현선 · 권세라 · 유재슬
편집디자인_ 양우연
국제업무_ 정아라 · 전은지
관리 · 영업_ 김민원 · 조은걸 · 조인희

펴낸곳_ (주)디앤씨미디어
등록_ 2002년 4월 25일 제20-260호
주소_ 서울시 구로구 디지털로 26길 111 JnK디지털타워 503호
전화_ 02-333-2513(대표)
팩시밀리_ 02-333-2514
이메일_ lnovelpiya@naver.com
L노벨 공식 카페_ http://cafe.naver.com/lnovel11

원제 KONO SUBARASHII SEKAI NI SHUKUFUKU WO! SPIN OFF
KONO SUBARASHII SEKAI NI BAKUEN WO! YUNYUN NO TURN

Edited by KADOKAWA SHOTEN
First published in Japan in 2014 by KADOKAWA CORPORATION, Tokyo.
Korean translation rights arranged with KADOKAWA CORPORATION, Tokyo

ISBN 979-11-5981-004-6 04830
ISBN 979-11-86906-41-5 (세트)

값 6,800원